Merlin´s Erzählungen I

Herstellung und Verlag:
BoD - Books on Demand, Norderstedt
ISBN 978-3-7431-4221-3

Inhaltsverzeichnis

Vorwort	8
Desiree´s Sehnsucht	11
An Angel´s Tale	14
Der Rat der Sinneseindrücke	17
Die Seele berühren	20
Wem die Stunde schlägt	22
Perfect World	24
Ro Laren	27
Die Analyse seiner Liebe	30
Verletzungen	34
Vollmond	36

Lincoln Park	38
Der Büffel & der Drache	41
Vellarin	44
S.t.e.f.a.n.i.e.	48
Der Füllfederhalter	52
Ein friesischer Name	58
Nina´s verlockendes Angebot	61
Petri´s Gabe	64
Eine verhängnisvolle tiefe Leidenschaft	66
Prinzessin Saba´s Gedanken	69
Gaardner´s Fund in Ägypten	73
Christian von der Bree	77

Aquanaris 6-9-1993	79
Ein fabelhaftes Bildnis	82
Janosch	85
Michel´s Schafe	88
Anca´s Verzauberung	91
Fiona´s Begegnung	94
Das Relikt aus dem Alten Testament	96
Ein Leben am Fluss	99
Sie bekam ein bayerisches Akzent	102
Parfüm der Erinnerung	107
Diffuses Licht	110
Franci´s Schlüssel	113

Jadzia 118

Ezri 122

Medieval Chronicles - Hermine und das Licht des Löwenherzens I 126

Medieval Chronicles - Hermine und das Licht des Löwenherzens II 132

Medieval Chronicles - Hermine und das Licht des Löwenherzens III 138

Als Gott mit uns war 142

Noch einige Worte des Verfassers 148

Ich widme dieses Buch an
"Das Geschenk des Himmels"

Vorwort

"Jede lange Reise beginnt mit dem ersten Schritt."

So lautete das Motto zur ersten Auflage meines Buches "Merlin´s Erzählungen I". Daran hat sich bis heute nichts geändert.

Der Unterschied zur Ersten Auflage ist, dass die Anzahl auf 40 Erzählungen reduziert wurde. Korrekturen wurden in Rechtschreibung, Grammatik, Struktur, Formatierung und Herauslösen von "verletzenden Erzählungen" vorgenommen. Es liegt an der reifen Einsicht, zu der ich gelangt bin, dass ich Erzählungen, die sich negativ auswirkten, herauslöste, um mein Gesamtwerk letztendlich positiv auszurichten.

Nach wie vor sind die Erzählungen aus der Inspiration & den Erfahrungen, die ich und die Mitmenschen gesammelt haben, in diesem Buch aufgeschrieb. Meine Freude & Motivation sind entsprechend gut, so dass ich schon mit dem Zweiten Buch "Merlin´s Erzählungen II" begonnen, und die Erste Episode bereits veröffentlicht hatte.

Es gibt die Trilogie, die "Medieval Chronicles", die ich aus der Inspiration von einem PC-Spiel "Medieval II - Total War", und der Frau Hermann, die in einer Bücherei in Brühl arbeitete, erfahren habe. Die Kombination aus Spielerfahrung und den Gesprächen mit ihr, beschrieb ich in dieser Trilogie.

Mit Ausnahme der "Medieval Chronicles" sind die Erzählungen nach chronologischen Ereignissen geordnet. Die vollständige Trilogie wurde komplett zum Ende hin eingeordnet, um ein zusammenhängendes Verständnis zu gewährleisten.

Die Finale Erzählung "Als Gott mit uns war", ist nach wie vor einer Frau gewidmt, die ich persöpnlich kennenlernte, und aus Dankbarkeit zu ihr aufschrieb.

Zum Schluss möchte ich allen Lesern auf der Reise des Lesens folgenden Zitat mitgeben,

"Wir sehnen uns nicht nach bestimmten Dingen zurück, sondern nach den Gefühlen, die sie in uns auslösen."

Sigmund Graff

Simon Mihelic   Brühl, den 11.10.2012

Desiree's Sehnsucht

Prolog

*„Die Kunst der Liebe ist wie eine Rose.
Drückt man sie zu fest,
zerbricht sie, und man verletzt sich dabei.
Hält man sie richtig, blüht sie ewiglich."*

Die Löwen und die Scheren des Krebses

Desiree war erst 20 geworden. Als Azubi im Supermarkt hatte sie nicht gerade beruflich das Superlos gezogen. Schließlich hatten Andere schon in dem Alter das Abitur fast durch, und bewegten sich somit Karrieremäßig nach oben. Aber das trübte Desiree nicht. Die Arbeit, die sie Tag für Tag verrichtete, fiel ihr ab und mal leicht oder mal schwer. Ihre Sehnsucht richtete sich danach den richtigen Mann im Leben zu finden. Ihre Vorgehensweise war ohne Skrupel, denn sie hinterließ eine Spur von gebrochenen Männerherzen hinter sich. Ein Hund, der Emotionen schnüffeln könnte, würde weit mehr als 100 Meilen ihren Weg nach verfolgen können, die die blutenden Männerherzen hinterließen.

*Aber eigentlich kümmerte sie das nicht.
Ihr zukünftiger Mann sollte genauso umwerfend attraktiv sein. Das gewisse Etwas haben. Aber weiter wusste sie es eigentlich auch nicht genau. Ihre Stimme hatte etwas laszives Erotisches, so dass jeglicher Mann wie angezogen von einer Sirene im Meer zu ihr hingezogen fühlte. Sie wusste und nutzte dies auch aus. Ihr Blick war der eines Vamps. Der Körper von Kopf bis Fuß einer Göttin gleich, die die Kunst der Verführung in allem Maße beherrschte. Wenn sie tanzte, dann war das eine Grazie der Bewegung, und ihre erotische Avancen, die sie vollzog, zogen die begehrlichen Blicke der Löwen auf sich.*

Wie Motten vom Licht angezogen kamen die tanzenden Raubkatzen zu ihr. Die Nähe zu ihr war sehr aufwühlend. Emotionen, sprudelnd wie der Lava aus dem Krater eines Vulkans, flossen tief, und durchzogen unter der Haut vorbei. Kein Kuss wagte jemand, aber ihre Haut zu spüren war wie eine vom Meeresstrand gezogene Wellensanddüne, die sich bildete und langsam abebbte.

Desiree hatte ihr Ziel erreicht. Sie gewann die volle Aufmerksamkeit und Zuneigung. Die ganze Liebe wollten die Löwen erst nach und nach ihr geben. Denn sie wussten einfach, dass vielleicht irgendwann ihr Todesstoß kommen könnte, und das Herz

lange Zeit verloren sein würde. Nein, es musste mit Sorgfalt das Land der Begierde erobert werden. Die Löwen mussten die Scheren des Krebses umklammern, um es dann nach und nach mit Liebe zu umschlingen.
Nur so hatten sie eine Möglichkeit Desiree ganz für sich zu gewinnen. Sie ließen ihr die ganze Freiheit, die sie zum ausgefüllten Leben brauchte. Aber ihre Liebe sollte letztendlich ihnen gehören. Desiree`s Sehnsucht sollte sich erfüllen. Die Zeit würde sich dann erweisen...

Epilog

Die Liebe kennt viele Wege das Herz zu erreichen. Aber jeder Mensch hat nur einen Zugang, für die sie sich öffnet.

An Angel's Tale

Prolog

"Ihr Dasein ist ein Wesenszweck, welches ihre Anwesenheit in der Not verlangt."

Sentara

Sentara war wieder mal unterwegs. Ihr Augenmerk widmete sie zu dieser Stunde eher einem unbedeutendem Ort. Ein ganz gewöhnlicher Ort, dass im Zentrum eines Landes lag, welches im Grunde genommen kulturell eine große Bedeutung hatte.

Sentaras Augen waren schärfer als die von allen Raubvogelarten. Zudem konnte sie sehr schnell und geschickt auf etwas zustoßen, so dass jeglicher Betrachter die Geschwindigkeit nicht verfolgen konnte. Die Kraft Sentaras hatte in gewissem Sinne keine Stärke, sondern die Liebe eine Magie zu entfachen, dass den Schutz ihrer Schützlinge gewährleistete. Dieser Protektionismus war ihr Daseinszweck. Ein geschaffenes geflügeltes agiles Wesen. Ein Schutzengel par Exellance, die stets überall ihre Blicke richtete. Ihr Sinn für Gefahren, die mittelbar bevorstanden, glich einem Kompass, dass ausschlug, wenn einer ihrer Schützlinge in Schwierigkeiten geriet.

Ando, der Junge aus dem Armenviertel der Stadt, verlor keine Zeit, und war dabei seinen Mut wieder mal an einem Gegner zu messen, der stärker, aber nicht schneller war als er.

Ando`s Sinn für Gerechtigkeit und Nächstenliebe verlangte die Aufmerksamkeit von einem Mädchen, für die er etwas empfand. Die Bedrohung, die von dem Gegner an Ando`s Mädchen kreiste, ließ ihn unvorsichtig werden.

Sentara wurde dieser bevorstehenden Eskalation der Gewalt bewusst. Sie stürzte aus schwindelerregender Höhe unmittelbar zu ihrem Schützling hin. Die Zeit dabei verstrich nicht in Minuten, sondern in Millisekunden, die sie durch die Luft benötigte, um an ihr Ziel zu gelangen.

Der Gegner Ando`s, in grenzenloser Gewaltbereitschaft mobilisiert, nahm seine Stichwaffe hervor, und wollte gerade zustechen. Es langte schon fast an Ando`s Körper heran, als Sentara dazwischen stürzte, und den spitzen Stoß in sich aufnahm. Das Messer verfehlte nicht sein

Ziel, aber blieb an Ando's Körper wirkungslos. Weitere Stöße des Aggressors verpufften ebenso. In Panik geraten, floh er sodann um die Ecke, und entschwand ungeschoren davon. Ando sah dagegen, dass der Stichversuch in der Luft vorbeizog, und seine Ziel nicht erreichte.

Sentara durchstreifte anschließend die nahe Gegend, und steuerte zum See hin, dass in der Abendfülle das Licht des Mondes wieder spiegelte.

Der Schutzengel labte seine Wunden an dem kühlen Wasser, wo sich die Verletzungen langsam wieder verschließen.

Epilog

Das Gespür für die Gefahr ist ein Leuchtsignal, dass sich in uns entzündet, wenn Hass die Liebe zu zerstören beginnt.

Der Rat der Sieben

Prolog

„Spüüüüüüüüüüüüüüüüüre Dich !!!!!!!!!!!!!"

Die Glorreichen Sieben

Das Herz, der Magen, die Haut, die Zunge, die Nase, die Augen und Johnny B. hielten den ersten großen Rat zusammen. Die Sieben, alle gleichberechtigt versammelt, debattierten, wer der Wichtigste von Allen sei.

Die zwei Augen begannen anzuführen, "Wenn wir eine hübsche Frau sehen, dann erblicken wir die Schönheit des Weiblichen in all ihren Rundungen, Erhebungen und Tälern. Wenn wir nicht wären, dann könntet ihr alle schon mal gar nicht erkennen was vor euch steht!"
Das Herz, da wo die Vernunft und der Verstand schon mal gar nicht aufzufinden sind, meinte daraufhin, "Also, nun mach mal nicht so den Prahlhans. Wenn ich anfange heftig an zu schlagen, dann bewegt sich nicht nur der Kreislauf des Körpers, sondern es geraten auch die Gefühle der Liebe in Wallung. Der das Verliebtsein ohne

Kompromisse, und ohne Rücksicht auf alles Andere, die Kraft gibt. Wenn ich nicht poche, dann würdet ihr euch alle nicht mal regen!" "Jaja!", rief der Magen dazwischen frech, "Du, du Pocher ohne Hirn! Bei mir starten die Emotionen wie Flugzeuge im Bauch. Dann wird es Zeit, dass sich was dreht. Das ist wie, wenn Wühlmäuse voll am Rad drehen!" Die Haut schaltete sich dazu, und meldete gelassen, "Ihr hitzköpfigen Spacken, mein Sinnesorgan ist die Größte von euch Allen! Werde ich berührt, dann fließen erstmal so einige Wellen an Gefühlen vorbei. Und das so kräftig, dass ihr alle davon betäubt werdet! Somit bin ich der Stärkste und Größte von Euch!" "Du Großmaul!" rief die sinnliche Zunge, und fügte hinzu, "wenn ich die andere Zunge anfeuchte, dann ist das erstmal der erste intime Kontakt! Körperflüssigkeiten werden ausgetauscht. Und die Liebe wird zumal stärker! Das kann sehr intensiv werden!" Johnny B., das vorsitzende Glied der ersten Reihe, der immer im Dunkeln seine Zeit sich seine vertreibt, rief, "Alle mal die Klappe halten! Das ist ja nicht auszuhalten! Jeder glaubt im absoluten Recht zu sein.

Das Wichtigste ist doch, dass alle zusammen erst zu einem Ganzen funktionieren. Ohne den Anderen ist jeder für sich allein relativ nutzlos. Ohne die Augen, könnt ihr nicht mal begehren. Ohne das Herz, existiert keiner von uns. Ohne den Magen, würden wir alle sterben. Ohne die Haut, könnten wir nicht fühlen. Ohne die Zunge nicht schmecken. Und ohne mich, dass zweite Ich des Mannes, nicht fortpflanzen und grenzenlosen Spaß haben." Die Nase, welches die ganze Zeit nur zuhörte, schaltete sich ein und wetterte, "Du notorischer Wichtigtuer und notgeiler Hengst! Willst du hier den Klugscheisser markieren?"

Den letzten Atemzug vollzog der alte Mann im Sterben. Und der Rat der Sieben sodann zusammenbrach.

Epilog

Selbst kurz vor dem Sterben können die Sinne und Gefühle im Feuerwerk enden.

Die Seele berühren

Prolog

„Kein Mensch ist unsterblicher, als der, der das Gefühl der Seele kennt und berührt..."

El Dorado

Im Lande, wo der sagenhafte Goldtempel der Inkas lag, der berüchtigte Schatz, das El Dorado, da waren vier junge Männer unterwegs. Aber es gab auch andere Suchende. Sie hörten von dem Gerücht des Schatzes, und suchten danach. Jeder für sich kämpfte sich durch den Dschungel des Lebens. Die einen Härter, die anderen Sanfter. Das El Dorado bedeutete in ihnen die Liebe und das Geliebt werden, wonach eigentlich jeder Mensch suchte und strebte. Der Erste fand den Schatz, liebte es, verlor diesen wieder nicht ganz, weil er diesen beschützte und bewahrte. Der Zweite fand es auch, aber verlor es schnell wieder, weil er es zu begierig bewachte und niemanden daran ließ. Der Dritte liebte den Glanz, verkannte jedoch den Wert des Schatzes, und verlor den gewonnenen Besitz. Der Vierte baute ein Zelt davor, zündete ein Lagerfeuer der Geselligkeit an, und verführte den Schatz durch Geschichten von Liebe, Romantik, Humor und den Mysterien des Lebens. Daraufhin berührten und vereinigten sich die beiden Seelen. Die Unsterblichkeit des Augenblickes der Beiden vollzog das Schicksal sie zu vereinen und in Sehnsucht zu verbleiben.

Epilog

Die Kunst des Zaubernden liegt nicht im Materiellen, sondern sein Blick auf das Wesentliche ist das Ziel. Die Seele zu berühren...

Wem die Stunde schlägt...

Prolog

„Wenn die Nacht nur Dunkelheit wäre..."

Stand by me

Angelo und sein Freund liefen ununterbrochen in rasender Panik durch den Wald. Sie hetzten wie durch einen schnellen Sprint in andauernden Laufschritt. Schmerzen, die durch die Muskeln in den Waden zogen, quälten deren Vorwärtskommen. Die Atmung der Lungen keuchten wild nach mehr Sauerstoff, die sie für ihre Körper dringend benötigten. Sein Gefährte rief zu Angelo, "Ich kann nicht mehr weiter!" Angelo, der ausdauernder war, blickte ihm in die Augen und ermutigte ihn, " Wir schaffen das! Wir müssen weiter..., komm schon, nicht aufgeben!" Und zog ihn mit der Hand mit sich. Nach einer Weile, als die Lauferei seinen Höhepunkt annahm, stolperte Angelo über eine verborgene Wurzel, und verstauchte sich den Fußknöchel. Er schrie nicht, aber hatte dennoch Schmerzen, die er nicht zeigen wollte. Der Freund schaute die

Verstauchung an, wusste aber nicht so genau was er machen sollte. Die annähernde vermeintliche Bedrohung veranlasste den Helfer schnell zu handeln.
So packte er Angelo auf seinem Rücken, und versuchte so schnell er gehen konnte weiter zu kommen. Die Last war nicht allzu schwer, denn Angelo war eher ein Leichtgewicht. Nach geraumer Zeit kam er an einer Lichtung, wo die Sonne hell den Morgengrauen verkündete. Die Vögel begrüßten den neuen Tag mit wohlklingenden Zwitschern. Der Helfer legte seinen Freund ab und versuchte seine Verletzung zu behandeln. Die Angst, die ihnen zuvor erschauderte, verflüchtigte sich. Die vermeintlich dunkle Bedrohung, die sie verfolgte, erwies sich als deren eigener Schatten, den sie gefürchtet hatten, und davon liefen.

Epilog

Furcht ist wie ein Schatten, die uns im Lichte begleiten kann. Es kann lähmen, vor Gefahren warnen, oder zu Höchstleistungen anspornen.

Perfect World

Prolog

„Der Traum folgt die Schöpfung. Die Schöpfung kann Dichtungen schaffen."

Traum, Schöpfung & Dichtung

Jimmy wachte früh morgens auf.
Er sah, dass es noch recht Dunkel war. So Halb Drei rum. Etwas beschäftigte ihn in Gedanken, dass er nicht loslassen konnte. Jimmy sinnierte, dass er im Leben so alles hatte, was ihn glücklich machen konnte.
Jimmy arbeitete, hatte eine Wohnung und genug Geld. Er war sehr kreativ und vielseitig. Er sammelte verschiedene Sachen im Leben. Zudem hatte er eine jüngere Frau, die er leidenschaftlich liebte. „Perfect World", dachte Jimmy sich. Doch etwas grummelte in seinem Bauch herum. Sein Gefühl mahnte zu Vorsicht. Denn wenn alles zu Perfekt lief, so brauchte nur ein kleiner Baustein zu bröckeln, und das ganze Gerüst zerfiel in sich zusammen wie ein Kartenhaus.

In seinem Leben träumte er viel. Die Muse, die er hatte, verwirklichte er zum Schreiben, womit er andere Menschen glücklich machen konnte. Den Zauber, den er damit entfachte, entzückten nicht Wenige.
Jimmys Schöpfungen in Gedichten und Erzählungen sollten unsterblich in das Gedächnis jener festigen, die er liebte. Dazu zählten unzählige Freunde und zukünftige Unbekannte. Zu seiner jüngeren Frau schrieb er täglich. Sie war die Inspiration seines Lebens. Die Liebe, die Jimmy gefunden hatte.
Die junge Frau hegte in ihm eine Affinität, weil sie in gewisser Weise anders war als Andere. Sie nahm ihr Schicksal selbst in die Hand, und suchte sich die Männer aus, die sie auch haben wollte. Sie ließ sich nehmen. Aber nur deshalb, weil sie es auch wollte. Ihr Ruf hätte darunter leiden können, aber das scherte sie nicht. Ihre Ehrbarkeit war ihre Selbstliebe. Die Entschlossenheit, das zu machen was sie wollte, und nicht was Andere dachten. Und letztendlich den zu lieben, der es verdiente. Nicht nur deswegen machte sie das zu was Besonderem.

Jimmy verdiente sich ihre Liebe und Zuneigung. Er schenkte ihr Rosen. Nicht deshalb, weil es jeder andere vielleicht tun würde. Nein, es hatte den Zweck, sie für den einen Augenblick glücklich zu machen. Das Glück zu spüren, dass es Liebe ist. Die Zuversicht zu haben, geliebt zu werden. Die Leidenschaft Jimmys brannte bis zuletzt.

Und für sie schrieb er täglich. Der Beweis unsterblicher Liebe, den er ihr zeigen wollte.

Das Grummeln in seinem Bauch verursachte die letzten Momente seines Lebens. Dann verstarb der Hundertjährige Jimmy in den Armen seiner Frau.

Epilog

Nicht das was wir im Leben erreicht haben ist letztendlich ehrenvoll, sondern dass, wie wir unsere Träume verwirklichen, und die Liebe unseres Lebens in Ehre, Respekt und Spannung halten.

Ro Laren

Prolog

„Wenn die Phantasie Wirklichkeit wird…"

Welt am Abgrund

Ro Laren war ein leidenschaftlicher Spieler. Das Spiel, dass er liebte, war ein MMO, dass ein herausragendes Maß an Bekanntheit unter Online-Spielen war. Seine Lieblingsrolle unter den Charakteren war der Druide, den er auserwählte,
um ihn für die Herausforderungen dieser Spielwelt zu bewegen.

Er schlief, als zwei mysteriöse Gestalten ihn wachrüttelten. Und ungehalten zu sprechen begannen, dass die Welt am Abgrund steht. Die Meteoriten fielen wie Feuer vom Himmel, und zerstörten die Häuser der Menschen. Anca, die Frau von Ro Laren, sein Freund Mic waren ganz hysterisch und drängten ihn endlich aufzustehen.

Da er kein besonders guter Frühaufsteher war, und seine Müdigkeit ihn noch lähmte, verlangte er zunächst ein Kaffee zu Tisch, und die Morgenzeitung in der Hand zu bekommen. "Deinen Kaffee bekommst du noch früh genug, aber jetzt solltest du erstmal mit uns kommen, denn wir warten auf dich!", drängte Anca auf ihn ein. "Nun mach mal nicht so ein Aufstand!", dabei schlug er dem Mic mit der Faust auf seinem Arm. "Nun beweg deinen Allerwertesten und schalte den PC endlich ein!", verlangte Mic eindringlich von seinem Freund. "Was? Wie? PC einschalten soll ich? Die Welt steht am Abgrund und..." erwiderte Ro Laren. Jetzt begriff er endlich was los war. Anca sprach daraufhin, "Vertrau uns, schalt es ein, dann wirst du es sehen!"
Er tat wie geheißen und aktivierte das MMO. Anca und Mic nahmen ihre Hände zusammen, die anderen Hände fassten Ro Larens an. Mit einem plötzlich gleißendem hellen Strahl umschloss das grelle Licht alle drei Freunde, und brachte sie zusammen in die Welt des Spiels.

Der riesige Meteorregen zerstörte nun auch das Haus der drei Freunde.

Ro Laren, seine Frau Anca und sein Freund Mic verbrachten nun den Rest des Lebens in dieser anderen Welt, die wie ein Refugium *für ein neues selbstbestimmtes Leben begann.*

Epilog

Manchmal ist die Flucht von der Realität in die Phantasie die einzige Möglichkeit. Aber wenn die Phantasie zur Realität wird, dann wird das zweite Ich geboren, und lebt ein neues anderes Leben.

Die Analyse seiner Liebe

Prolog

„Was sollte ich tun?", dachte Bob nach.

Was ist mit Uns?

Eigentlich war Bob eifersüchtig auf sie, in die er verliebt war. Sie hatte ständig irgendwelche Liebschaften mit anderen Männern. Das wurmte ihn. Einerseits hatte er sie noch nicht ganz für sich, aber anderseits was konnte er schon da machen. Deswegen Theater machen würde nur die Liebe zu ihr zerstören. Und sie würde ihm dann letztendlich den Laufpass geben. Eine Lösung musste her. Aber welches?
Bob fragte sich was sie dazu bewegte die Männer den Kopf zu verdrehen. Er erklärte es damit, dass es wohl verschiedene Faktoren haben müsste. Psychologisch gesehen suchte sie wohl eine Vaterfigur, die sie nie erlebt hatte. Darum die ewige Suche nach ihm in Form von Liebeleien zu verschiedenen Männern.
Bob dachte sich auch, es könnte einfach nur eine plausible Erklärung geben. Sie war noch jung und suchte Spaß im

Leben. Nichts Bindendes und Verpflichtendes, alles "Just for Fun". Keine Rücksicht auf die Gefühle der Anderen. Solange sie keine Quittung im Leben dafür bekam. Eine Lolita, die wusste wie man geschickt spielt.

Bob wusste nach all den Erklärungsversuchen immer noch nicht wie er das Dilemma lösen konnte. Das versuchte Verstehen nützte allein nicht. Ein Ratgeber für Verliebte musste neu erfunden werden. Er liebte sie trotzdem. Er vertraute ihr zu einem gewissen Maße, weil er ihr die Freiheit geben wollte, dass zu tun was sie für Richtig hielt. Jeder Mensch sollte seine eigene Erfahrungen im Leben machen, auch wenn sie von zweifelhafter Natur sind. Ja, Bob war schon eifersüchtig, aber er zeigte es nie. Sein Stolz und seine Erhabenheit über die Dinge im Leben ließ ihn nie wieder sich ganz zu verlieren. Trotz aller Leidenschaft, die er für sie hegte, seine Liebe zu ihr, die er immer wieder ihr beweisen wollte, gab er sie nicht auf. Bob hatte keine Angst sie zu verlieren. Er fürchtete mehr ihre Ablehnung durch seine gelegentlichen Missgeschicke. Bob war es sehr wichtig, was auch sie immer trieb, dass sie ihn vom Herzen liebte. Und wenn, dass schloss er nicht aus, sie eines Tages ihn nicht mehr wollte, dann würde er sie ohne großen Aufhebens und Nachtragens gehen lassen.
Was bleiben würde, ist die wertvolle Erinnerung an eine Liebe, die was ganz Besonderes im Herzen und

Gedächtnis verblieb. Dann rief er sie an, und gestand seine Liebe. Und sie erwiderte es mit Freuden, weil sie dieselben Gefühle für ihn hatte…

Epilog

Manchmal ist die Spannung der Verliebten unerträglich, bis das Unausgesprochene gestanden wird.

Verletzungen

Prolog

„Es gibt Verletzungen verschiedener Art. Darunter Körperliche und Seelische…"

Löwenherz

"Sie haben sich am Finger verletzt. Das sehe ich gerade an dem Verband, die sie darum haben", sagte Mel zu seiner Sitznachbarin, die gegenüber im Zugabteil saß. "Das sehen sie richtig. Habe mich heute tief geschnitten", antwortete sie leicht aufgeregt. "Ist mir auch schon einige Male im Leben passiert. Die Schmerzen kommen erst später, wenn die Heilung beginnt. Anfangs ist nur der Schock da, das betäubt, und macht dann die Sache halb so schlimm als es aussieht", fügte Mel hinzu. "Da mögen sie wohl recht haben. Arbeiten sie im medizinischen Bereich?" fragte sie ihn. "Nein, tue ich nicht. Bin Koch aus Leidenschaft. Wer in diesem Beruf arbeitet, verletzt sich zwangsläufig. Und das so häufig, das man sich wundern würde, wenn keine Verletzungen auftreten würden", erzählte Mel. "Das bringt der Beruf mit sich. Kann ich *gut verstehen. Ich bin eine sogenannte Seelenklempnerin, studiert, um verletzte Seelen zu heilen",* erwiderte sie. *"Ja, die Seele, ist viel empfindsamer und empfänglicher als wir alle glauben. Die Eindrücke, die wir täglich bewusst und unbewußt in uns eindringen, können glücklich machen oder uns quälen. Daran können wir nur wenig ändern",* erläuterte Mel. *"Da haben sie ganz Recht. So viele Menschen sind tief in ihrem Beruf befangen, dass sie ihre Arbeit bis auf das Genauste perfektionieren. All die Technik und der Fortschritt verbessern den Arbeitsablauf, werden immer schneller und effektiver. Vorgesetzte peitschen ihre Mitarbeiter an, um besser zu werden...",* da unterbrach Mel sie, und ergänzte ihre Worte, *"Aber was wird besser? Der Arbeitsablauf und die Arbeitstechnik. Was ist mit der menschlichen Seele? Man wird gepeinigt und versucht es mit Humor zu nehmen. Man arrangiert sich mit den Anderen. Ich selbst, durch die Liebe meiner Familie groß geworden, gebe jetzt als reifer Erwachsener die Liebe zum Nächsten weiter. Meine Liebe ist größer als die gelegentlich gepeinigte Seele. Durch mein vorbildliches Verhalten konnte ich die Art und Weise meiner Mitarbeiter verändern. Zum Positiven! Das ist ein Erfolg!" "Das ist Prima!*

Es gibt selten Menschen, die so beherzt mit den Mitmenschen umgehen, besonders wenn es um Mitarbeiter geht. Die Allermeißten sind eher verschlossen und ziehen eine andere Rolle vor.

Arbeit ist Arbeit, Privat ist Privat! So ist die Denkweise vieler Berufstätigen", erzählte sie.
"Weil diejenigen ein sensibles verschlossenes Herz haben. Darum eine Festung bauen, und Niemanden ran lassen. Ich bin der Meinung, nur wer sich öffnet, ist stark genug, um die Herausforderungen des Lebens zu meistern. Eine Arbeit ohne Nächstenliebe ist wie Suppe ohne Salz. Man kann es essen, aber es schmeckt nicht!", ergänzte Mel. Dann blieben sie einige Zeit still. Der Zug rollte zügig weiter.

Nach einer Weile sagte sie zu ihm, "Mel, sie haben mir hier ein Schnippchen geschlagen. Ich bin die Schicksalsbotin des Todes, aber sie haben mich davon überzeugt, das sie es Wert sind, weiter zu leben, statt zu sterben. Sie werden noch viele Menschen für sich gewinnen. Sie haben ein Löwenherz!"

Epilog

Die Macht der Liebe ist stärker als alles andere auf dieser Welt.

Vollmond

Prolog

„In jedem Menschen wohnt eine helle und eine dunkle Seele…"

Felicia

Felicia, eine wunderschöne Frau jungen Alters, ging eines Abends durch den großen Kirmes einer großen Weltstadt. Wie gewöhnlich hatte jede bedeutende Großstadt eine Riesen-Kirmes. Jede davon in allen lichtervollen, schillernden Farben. Felicia mochte zwar mit 20 Jahren für derartige Attraktionen sich begeistern, aber es reichte, wenn sie nur einige Male im Jahr sich dorthin begab.

An diesem Abend schlenderte sie sich durch die Menschenmenge und wurde etwas melancholisch. Etwas beschäftigte sie, dass sie nicht los ließ. Ihr Schicksal war mit einem Geheimnis verbunden, dass sie nicht ändern konnte. Die Veränderung kam aber noch nicht zum Ausbruch, weil es noch nicht so weit war. Sie fügte sich ihrem Schicksal. Und der Zeitpunkt war nah. Sie wollte sich ablenken, und sie kam zu einer Geisterbahn. Gespickt mit vielen unmenschlichen Kreaturen jeglicher Art ohne Leben. Felicia stellte sich an der Kasse an, und nahm sich ein Ticket für eine Fahrt. Als sie an der Reihe war, setzte sie sich nun in dem Gefährt, und wartete bis es los ging. Das Signal zum Fortbewegen wurde gegeben. Und sie wurde der Dunkelheit mit all den leblosen Kreaturen überlassen. Schwups und Trara, mal da, mal dort kam jener und jenes wie aus dem Nichts angeschossen. Felicia erschreckte sich nur ein wenig, aber es machte Spaß. Ihre Körperbehaarung wurde allmählich länger, ihre Zähne größer und ihre Körper veränderte sich.

Sie schrie und stöhnte. Bis sie ihre Verwandlung zu einem Werwolf vollzog. Die anderen Beifahrer bemerkten nur in der Dunkelheit die Geräusche, die von ihr kamen. Als die Fahrt zu Ende ging, stiegen alle aus, und waren überrascht wie plötzlich ein Werwolf unter ihnen sein konnte. Sie taten es ab, als hätte sich jemand ein Kostüm während der Fahrt übergezogen. Aber Felicia hatte das Problem für diese Nacht elegant gelöst. Sie hatte ihre Freude an diesem Abend, und ihr verbundenes Schicksal vollzog sich wie jeden Vollmond aufs Neue.

Epilog

Manchmal ist man auch glücklich, wenn man sein Schicksal geschickt kombiniert, und positives Licht rückt.

Lincoln Park

Prolog

„Musik ist die Liebe auf der Suche nach einem Wort."
Sidney Lanier (1842-81), Amerik. Dichter

Das Krabbeln, das taube Nüsschen und das Ende der Fahnenstange

Marc saß früh morgens auf einer Parkbank, während langsam die Sonne den weiten Horizont erleuchtete, und die ersten Strahlen seinen Körper erwärmten.
Ein Dutzend Meter nebenan begann ein Straßenmusiker die ersten klassischen Töne zu spielen. Es war ein Intro, passend zur atmosphärischen Ausgestaltung der frühen Morgendämmerung.

Da sah er wie aus der Ferne eine Ratte, noch winzig und klein, immer näher herankam und größer wurde. Diese Ratte krabbelte geradewegs zum sitzenden Parkbesucher hin. Marc traute seinen Augen nicht, als die Ratte an Größe zunahm und mit seinen kleinen Füßen an seinen Beinen hinauf kletterte.

Dann begann das Tier einen lauten Rap zu singen, die lautete,

„*Ich spiele jedes Spiel mit,
der Spaß an der Sache ist mein Lebenssinn,
zu gewinnen mein Ziel ist,
wie ich es erreiche, durch Intelligenz und List.*

*Ich verschwende keine Zeit,
bin allzeit bereit,
die Dinge im Leben,
singe ich dir, mit meinem Streben.*

*Habe negative Gefühle und kämpfe im Innern,
bewältige Sie mit Mühe die Krämpfe zu lindern.
Bin stets charismatisch, zu offenbaren meine Stärke ist,
zu zeigen, wie Konflikte elegant zu lösen sind.*"

Dann griff Marc die Ratte an den Füßen. Und schrie in wildem Geschrei,
„Arghhhhhhh! Du krabbelst in deinem Gesang so an mir herum, dass mir alles hoch kommt. Ich werde ganz schön Taub! Ich werde Irre! Bekomme wegen dir noch ne Gänsehaut!" „Du taubes Nüsschen!", schrie die Ratte in hartem Tonfall dem Sesselpubser ins Gesicht. Dann ergänzte melodisch das Tier, „Siehst du nicht die Fahnenstange am Ende des Lincoln Parks?

Von daher bin ich zu dir gekrabbelt, habe an Größe bekommen, je näher ich dir kam. Um dir mitzuteilen, dass du aufwachen sollst!"

Dann öffnete Marc seine Augen. Aber das Licht blendete ihn noch stark. Denn er wachte auf, weil seine Freundin und seine Freunde mit der Musik ihn aus seinem Koma durchbrechen ließ.

Epilog

Die Musik kann zu starken Emotionen führen, die jegliche Träume zu Höhenflügen
bestimmen, um sie motiviert ins Leben zu rufen.

Inspiriert von der Pop-Gruppe Linkin Park, die verschiedene Elemente aus Metal und Rap einbringen. Und diese in Kontrast zu popähnlichen Melodielinien formen.

Der Büffel & der Drache

Prolog

"Die Traumwelt ist die andere Seite der Realität, wenn sich Träume & Körper der Liebenden verschmelzen."

Der 23. Meilenstein

Vor nicht allzu langer Zeit, als die Tiere noch sprechen konnten, waren ein Büffel und ein Drache auf Wanderschaft.

„Vertraue mir! Wir schaffen es! Es ist nicht mehr weit bis zum 23. Meilenstein." Sprach der Büffel zum Drachenweibchen. „Wir haben es schon so oft durchwandert, aber nie haben wir es bisher geschafft ans Ziel zu kommen." Antwortete sie. „Dann entfalte mal deine Flügel aus, und flieg entspannt in die Höhe. Dann solltest du die Spitze der Baumkrone sehen können. Da ist der 23. Meilenstein." Sprach beruhigend der Büffel auf sie ein. Sodann erhob sie mit einem konzentrierten kraftvollen Akt in die Lüfte und lachte, als sie den ganzen Wald mit einem Mal überblicken konnte, denn das Ziel konnte sie jetzt sehen.

„Es dauert noch ein wenig bis dahin. Schaffst du auch den Weg? Denn der Pfad ist durch den nassen Morgentau schon feucht geworden." Rief sie ihm entgegen. „Du, lass das mal meine Sorge sein! Das macht die Wanderschaft viel angenehmer und schöner." Antwortete der Büffel und begann einen Schritt schneller zu traben.

Als die Beiden kurz vor dem besagten Ziel ankamen, entdeckten sie den 23. Meilenstein. Sie erblickten dort einen sprudelnden Geysir, der den Stein nass spritzte. Dieser Stein sprach daraufhin zu den Wandernden, „Im zweiten Millennium könntet ihr Zwillingswesen bekommen. Aber das Schicksal ist noch ungewiss. Denn die nächsten sechs Jahre werden eine lange Reise ins Unbekannte sein, und viele Gefahren sind damit verbunden. Wenn ihr diese Reise übersteht, dann werden euch das Glück der nächsten Generation beschert." Der Geysir blieb sodann in der Zeit still. Der Stein stöhnte lang auf, und die Sonne wurde von den Wolken für einen kurzen Moment bedeckt. Die Wolken senkten sich auf die Beiden herab. Der Büffel und der Drache sahen sich lächelnd an, und sie fühlten für diesen einen Augenblick, dass die Zeit stehen blieb. Das Liebespaar, welches den Geschlechtsakt beendet hatte, bekam zur gleichen Zeit denselben Traum. Und der Funke der Erkenntnis erfüllte sie mit großer Liebe und Verbundenheit. Denn sie wussten jetzt, dass sie zusammen gehörten, und das Wesen in Ihnen miteinander verwoben war.

Epilog

Es gibt Momente im Leben, wo ungesagte Worte und der Akt der Liebe die Zeit in der Ewigkeit stehen bleibt. Worin Träume verschmelzen, und in den Augen das Glück zu erkennen ist.

Erinnerungen zum 23.01.1995. Gewidmet an allen Menschen, die im Zeichen von Büffel- und Drachen-Geborenen! Aber nur diejenigen, die an Chinesischen Tierkreiszeichen glauben…!

Vellarin

Prolog

"Das Geheimnis ihres Erfolgs…"

Positive Ausstrahlung

Irgendwann in einer fernen Zukunft…

Vellarins Mode-Design Atelier war ein gefragtes Geschäft für Kenner der Modewelt in der Stadt der Romantik und der Liebe. Die Weltstadt Paris, wo so einige Mode-Zaren in ihrem Metier ihrer Kreativität nachgingen. Sie stellten ihre Modekollektionen in den Modeveranstaltungen offen zur Schau.
Vellarins beliebtes Atelier war bekannt dafür, das Modedesignstück zu bekommen, welches man ganz individuell zugeschneidert bekam. Vellarins Atelier hatte aber ein Geheimnis. Das den Erfolg auf eine gewisse Art begründete, welches sie aber niemals preisgab. Ihre Wesensart vermittelte den Kunden die Kompetenz, und die stille Aura die Wünsche aus den Augen abzulesen.

Vellarin schloss gerade ihr Design-Werkstatt ab, um sich dann auf den Weg zu ihrem großen Appartement zu machen. Nach Feierabend ging sie ihrer Freizeitbeschäftigung nach. Ihr Hobby war das Programmieren. Sie hatte einst ein Avatar programmiert. Den sie auf wunderbarer Weise aus der künstlichen Welt der Computerprogramme in die reale Existenz versetzte. Dieses Wesen, ein Hologramm ihres Selbst, wurde aus biogenetischen Zellen ihres Körpers und der künstlichen Intelligenz des Computers erschaffen. Sie nannte ihr Ebenbild Silence Ghost. Sie war mit allen möglichen technischen Innovationen am Vital-Holokörper ausgestattet. Mit dieser Ausrüstung war es möglich, die biogenetischen Daten der Kunden zu berwerten, um aus den Auswertungen die individuellen Designwünsche anzupassen. Vellarin hatte ihren Avatar einen telepathischen Chip eingebaut. Mit dem nur sie gedanklich mit ihr kommunizieren konnte. Silence Ghost benötigte ein Update, den Vellarin noch fertig programmieren, und auf den sie ihrem Avatar übertragen wollte. Das Update sollte Silence Ghost ermöglichen, nicht nur wie bisher auf die individuellen Wünsche einzugehen, um das Design anzufertigen, sondern auch mikrovisuelle Rezeptoren an der Kleidung anbringen. Diese Rezeptoren waren mit dem Auge nicht sichtbar. Der Träger des Designkleidungsstücks strahlte einen erotischen Reiz aus, damit die

Mitmenschen folglich in Erregung gerieten.
Am nächsten Tag, als Vellarin und ihr Avatar in ihrem Atelier ihre Arbeit wieder aufnahmen, sollte Silence Ghost wie gewöhnlich hinter dem Vorhang versteckt bleiben, während Vellarin die Kunden bediente. Denn dass war das Geheimnis von Vellarins Erfolg. Das Silence Ghost eigentlich das Design entwarf und ausarbeitete. Nun, es kam ein Stammkunde herein, den sie kannte und mochte. Es war Jim. Er erklärte seine Wünsche und Vorstellungen an Vellarin. Weil er sie sehr mochte, flirtete er noch nebenbei mit ihr. Er ließ sich auch einen Abstrich von seiner Zunge abgleiten, damit der Speichel zwecks biogenetischen Abdrucks für die individuellen Designwünsche zur Verfügung standen. Dann verließ er das Atelier. Einige Tage später kam er wieder, um die bestellte Ware abzuholen. Jim hatte nun, ohne zu wissen, ein Designerstück angefertigt bekommen, an dem die mikrovisuellen Rezeptoren angebracht waren. Vellarin, in ihrer Art still, konzentriert und sensitiv, übergab bestimmend ihm das Stück und lächelte bezaubernd und sagte, „Beehren Sie uns bald wieder…!" Darauf antwortete er mit festem Blick in Vellarins Augen und innerer Freude, „Für Sie immer…!" und ergänzte im Stillen zu Ihr mit „meine liebe Seele!".

Jim, der das Designerstück gleich nach dem Einkauf anzog, ging nun spazieren. Ihm fiel allmählich auf, dass

die Damenwelt nervös wurde, wenn sie ihn ansahen.
Nicht nur, dass sie an den Wangen erröteten, sondern
auch körperlich sich Vellarins Art und Weise verhielten.
Damit schufen Vellarin und ihr Avatar nicht nur neue
individuelle Modekollektionen, sondern auch deren
Wesensart.

Epilog

Der Funke der Liebe strahlt auf die Mitmenschen aus,
und beansprucht sie daran teilzuhaben.
Und die biochemische Anziehungskraft ist das Geheimnis
und der Genuss der Liebe, die verbindet,
wenn Blicke sich treffen.

S.t.e.f.a.n.i.e.

Prolog

„Alles ist Kampf und Ringen. Nur der verdient die Liebe und das Leben, der täglich sie erobern muss."
Johann Wolfgang von Goethe, (1749 – 1832),
Dt. Schriftsteller

Reanimation der Liebe

Kellen hielt die Armlehnen ganz fest gedrückt, und die Füße gepresst am Boden, und starrte festen Blickes auf S.t.e.f.a.n.i.e.. Das Navigationssystem des Aquagleittiefseebootes, in das er gerade saß.

Das Navigationssystem war das Leitsystem und der automatische Lenkcomputer der Atlantis. Atlantis, ein hypermodernes Aquagleittiefseeboot wurde geschaffen, um Reisen in das innere menschliche Körper zu unternehmen. Dieses Ein-Mann-Gefährt war das Ergebnis, und folglich der Prototyp einer langen Forschungsreihe eines Tiefseebootes, das jegliche Zellmembran durchdringen konnte. S.t.e.f.a.n.i.e. ist das, was Kellen mit neuster Technik und

mit revolutionärer Computerintelligenz konstruiert hatte. Nicht nur ein modernes Navigationssystem, dass jeden Mikrometer der menschlichen Anatomie im Speicher, sondern auch die KI (Kellen Intelligence). Also das Intellekt des Erbauers mit integriert hatte. Kellen war ein standhafter Mann mit enormem Wissen, und mit allen Wassern gewaschener Forscher, und einer Vorliebe zu femininen Design in seinen Konstruktionen. Er erschuf in S.t.e.f.a.n.i.e. eine weibliche Stimme, die ihn zu geistigen und körperlichen Höchstleistungen anspornte. Es war seine Schöpfung und seine Liebe, die Idee und die Konzeption seiner Vorstellung wie er die Herausforderungen im menschlichen Körper begegnen konnte.
In einer Einspritzdüse, worin die Kanüle das miniaturisierte Atlantis in einer Verankerung bereithielt, wartete Kellen auf den Augenblick des Startzeitpunktes. Kellen hatte bisher viel Geduld und enorme Ausdauer bei seiner Konstruktion bewiesen. Und die paar Sekunden bis zu dem Startschuss genoss er noch, bis Atlantis in den Körper katapultierte. Was für ein Rausch der Sinne und Ohnmacht, als es in die Welt der Körperflüssigkeiten eindrang, und er der erste Mensch der Geschichte die menschliche Anatomie von Innen sah. Nachdem Rausch erlangte er wieder seinen Verstand und gab der S.te.f.a.n.i.e. die Anweisung zum Herzen des Körpers zu navigieren. Sie antwortete daraufhin, „Die Aufforderung ist nicht klar definiert. Soll der Quicksprint über die Kammeröffnung

der Arterie oder unter der Deckenklappe der Venenöffnung erfolgen?" Kellen grinste und antwortete, „Der Quicksprint liegt mir nicht so. Heute nehmen wir den Weg unter der Decke." S.t.e.f.a.n.i.e. leitete nun Atlantis auf den Weg zum Herzen und konnte es nicht verhindern, dass das Aquagleittiefseeboot gelegentlich durch die Blutbahnen schaukelte, und an diversen Punkten anstieß. Dennoch wurde es nicht beschädigt. Als Kellen mit der Atlantis das Herz erreichte, verkündete S.t.e.f.a.n.i.e., dass sie nun allein vor der Öffnung des Herzens seien. „Unser erster Auftrag lautet, das Innere zu kartografieren, und die Ergebnisse zu analysieren. Mit den Erkenntnissen können wir uns neu definieren, und erkennen was wir von Innen sehen können. Metaphorisch gesehen haben wir den Kern der Liebe und die Leidenschaft neu entdeckt, sie zu integrieren und in uns aufzuleben." Erläuterte Kellen seiner S.t.e.f.a.n.i.e.. Dann fügte er hinzu, „Lass jetzt die medikamentöse Flüssigkeit in die Blutbahn hinein. Die Glückshormone Dopamin & Serotonin werden das Herz und den Körper stimulieren. Damit erfüllen wir unseren zweiten Auftrag, um zu erforschen, wie es von Innen wirkt."

Mit langsam stetigem, wellenartigem Erschüttern erwachte der tote Körper zum Leben zurück. Und der Patient flüsterte daraufhin, „Mir war als hätte ich einen süßen Traum gehabt! Indem ich das Glück

*der ineinander verschmelzenden Körper hatte.
Im Rausch der Sinne die Liebe erfuhr. Und den Funken des Lebens in die Hand bekam.*

Epilog

Liebe ist das Feuer zum Leben. Solange dieses Feuer nicht erlischt, ist das Leben eine Flamme und ein Traum, die man nicht vergisst.

Der Füllfederhalter

Prolog

"Kea kannte den Wert einer Sache. Er suchte das Faszinierende, und stöberte entsprechend…"

Lammy

Kea schlenderte gedankenverloren durch das Labyrinth des weit verzweigten Trödelmarktes im fernen asiatischen Osten, in einem Vorort am Rande einer großen Stadt. Er blieb an einem Stand stehen, dessen Händler hauptsächlich mythisch wirkende Utensilien, Amulette und Schmuckwaren anbot. Kea interessierte sich vornehmlich für geheimnisvoll wirkende Gegenstände, die seine Fantasy anregte, und sich davon inspirieren ließ. Ausgefallene Dinge interessierten ihn weniger, vielmehr der Reiz und die Ausstrahlungskraft gewisser Waren, die ihn mit Begeisterung beflügelte. Der Händler erkannte an dem Blick des Käufers, dass seine Augen gezielt auf den filigran, verzierten, rötlichen Füllfederhalter mit der kaligrafischen Feder starrten. Es strahlte einen magischen Glanz aus. Und das rötliche Schimmern weckte seine Begierde es zu erwerben.

„Den Wert dieses Füllfederhalters erkenne ich. Welche Großzügigkeit kann ich von euch verlangen, ohne feilschen zu müssen, und auch nicht eure Händlerehre zu verletzen? Seht, es ist euch nicht viel, was ihr hergebt. Aber das, was ich sehe, ist ein Zauber, womit ihr nichts anzufangen wisst.", sprach Kea auffordernd zu ihm. Der Verkäufer schaute ihn an, runzelte bedenklich die Stirnfalten, und nach langem Zögern begann er dann zu Lächeln und sagte, „An dir sehe ich, dass du nicht irgendein interessierter Käufer bist, sondern einer, der weiß was er will, und den Wert einer Sache sehr gut einschätzen kann. Du schätzt den Wert an sich, und nicht was es kosten soll. Da ich auch ein Menschenfreund bin, und dem Zynismus in diesen Belangen abgeneigt bin, solltest du diesen Füllfederhalter von mir geschenkt bekommen." Damit einigte sich Kea mit dem Trödelhändler, und ging mit dem Füllfederhalter eiligst nach Hause. In seiner großen Bücherkammer stöberte er nach einem antiquierten Buch. Nach einer Weile fand er es schließlich. In diesem Sammelsurium von magischen Künsten und Gegenständen suchte er begierig nach der Abbildung des erworbenen Objekts. Darin entdeckte er einen Absatz mit der Überschrift Lammy, dieses beschrieb die Abbildung auf folgende Weise,

„Kraft und Macht deiner Hände, dem Geruch folgend, die Schrift ausdrückt.
Und Lammy wandelt!

*Es spürt die Duftstoffe deines Körpers, seiest du fröhlich oder zornig, gelassen oder verspannt.
Lammy wird wandeln!*

Lammy ist der Ausdruck des Wortes und die Verfassung deiner Gefühle in der Verwandlung.

Aber Drei Dinge solltest du niemals tun! Erstens, nie anschreien, denn dass vergisst es nicht. Zweitens, beleidige es nicht, denn dass verzeiht es nicht. Und Drittens, dass Wichtigste von Allen, lass es nicht, wenn es metaphorisch wandelt und heiß wird, jemals fallen, denn dann stirbt die Magie für Dich und daraufhin wird die Wandlung dein Ego treffen."

Kea verinnerlichte sich sodann diesen Absatz. Er holte dann ein reines weißes Papier aus der Schublade, stellte den Füllfederhalter auf und begann mit der kalligrafischen Feder den ersten Satz aufzuschreiben. „Der Tiger liegt auf der Lauer". Die magische Schrift glänzte kurz auf und der Füllfederhalter verwandelte sich in einen ebenso großen Tiger, der gehockt im Verborgenen auf der Lauer saß. Kea erschrak kurzzeitig, und verspannte sich in dem Augenblick. Der Tiger zog zur gleichen Zeit die Muskeln an, um auf ihn zum Sprung anzusetzen.

Kea begriff sehr schnell den Zusammenhang, und löste seine Verkrampfung aus den Händen, womit er die Feder hielt. Der Tiger entspannte sich wieder und schaute gelassen Kea an. Dann ließ er den Tiger, ein Tiger sein und nahm ein neues Blatt weißes Papier.
Das Raubtier zog auf und davon, und kauerte sich in einer gemütlichen Ecke nieder.
Kea schrieb einen neuen Satz auf, das lautete, „Ein Betthäschen für die schönen Stunden zu Zweit", dabei formte er diese Worte besonders schön in runden geschwungenen Buchstaben. Die Hände wurden etwas feucht dabei, denn seine männliche Phantasie schüttete aus seiner Haut Pheromone, also Duftstoffe, die auf Lammy einwirkten. Aus dem lauernden Tiger wurde eine hübsche junge Frau. Als sie gerade Kea mit dem Finger dazu aufforderte, ihr die Kleider vom Leib zu nehmen, kam plötzlich Kiara, seine Freundin ins Zimmer hinein. Kea reagierte sofort, indem er ein Tuch über Lammy warf. Das Papier und die Feder legte er schnell beiseite.
„Hallo Kiara, könntest du bitte vorher anklopfen, wenn du rein kommst. Ich möchte jetzt nicht gestört werden."
Dabei wurde Kea etwas nervös und winkte sie zurück aus dem Zimmer zu gehen.
„Du hast wieder mal was Neues entdeckt. Irgendwas Geheimnisvolles, womit du dich beschäftigst, nicht wahr...?", dann ging Kiara aus dem Zimmer hinaus und grummelte vor sich hin. Dann nahm er wieder die Feder in

die Hand, und zog das Tuch von dem Betthäschen fort. Dann sagte die kleine Figur zu ihm, „Du machst mich ganz nervös, lass mich jetzt in Ruhe!" „Na toll, dann eben nicht...!", antwortete er verärgert. Sodann beruhigte er sich wieder, trank gelassen einen Minztee und nahm ein neues weißes Blatt Papier, und schrieb fröhlich, „Das Glück dieser Erde liegt auf den Rücken der Pferde!". Aus dem Betthäschen wurde eine prachtvolle kleine Stute, die erst auf die hinteren zwei Hufen stand, und dann am Tisch vorbei los zu rennen begann. Das Pferd stieß Kea an, worauf er beinahe umfiel, denn so klein es auch war, so hatte es dennoch die Kraft eines ausgewachsenen Tieres im kleinen Körper. Die kleine Stute verschmolz augenblicklich mit Kea zu einem Wesen.
Denn Lammy, der magisch wandlungsfähige Füllfederhalter übertrug für kurze Zeit ihre Sicht auf Kea. Statt, dass die Magie erstarb, erfüllte sie ihn mit Glück, denn er sah in dem Moment die wahre Gestalt und Aura von Lammy in ihrer ganzen Pracht
und Schönheit.

Lammy trat wieder aus Kea heraus, und geriet in einer schnell entwickelnden Metamorphose. Aus dem reifte dann die menschlich körperliche Erscheinung, dass Kea vorher für kurze Augenblicke sah. Seit jenem Tag war Lammy eine stete Bereicherung für Keas Alltag.

Epilog

Wandlung ist wie ein Licht, dass durch ein Prisma strahlt, und dann vielfältig viele Farben erscheinen lässt. Und Glück fängt man ein mit Erkennen des Augenblicks und dem Moment der Erkenntnis.

Ein friesischer Name

Prolog

*"Meines Namens wegen kämpfst du für meine Liebe.
Darum dein Geist dich beflügelt..."*

Der Wanderfalke

Fräulein Klein war eine Radiomoderatorin, die ihre Sendung regelmäßig morgens für die Zuhörer einer kleinen Stadt moderierte. Sie tat ihren Job für ihr Leben gern, denn wie auch immer sie kommentierte, und die Musik auflegte, sie konnte damit den Nerv und die Seele ihrer Zuhörer aufpolieren. Sie überzeugte durch ihre Art und Weise, dass ihre Fans motivierte, und der Sendung treu blieben.

Eines Morgens, als Fräulein Klein moderierte, um die Bewohner der Stadt mit der Musik wieder die Morgenmüdigkeit auszutreiben, kam ein Falke an ihrem Fenster angeflogen. Als sie ihn am Fenstersims erblickte, erschrak sie ein wenig, denn ein Vogel dieser Art verirrte sich selten an einem Ort wie diesen. Eher waren es Sperlinge und

Tauben, die sie bei Gelegenheit fütterte. Aber der Falke reizte sie auf eine gewisse Weise, weil es nicht wegflog, sondern sie anschaute, musterte und durch den Fensterschlitz zu ihr stolzierte. Dieses Verhalten faszinierte sie. Alsdann der Falke zu ihr zu sprechen begann, „Erschreck dich nicht, denn deine Musik hat mich hergeführt. Dein Name ist das geflügelte Wort, welches mir zuvor ein Rätsel war und dich fand. Ich bin ein Wanderfalke, der um deines Namens Willen kämpfen will. Die Seltenheit deines Namens, die mit der Musik die Hörer tränkt, und die Schlafenden mit der Kater der betrunkenen Seelen austreibt. Die musikalische Verzauberung ist das Spiel deiner Sendung. Darum bin ich gekommen, um dir ein Vorschlag zu machen. Wandere diese Nacht lang mit mir! Damit wir die Lichter der Sterne sehen, den Mond im Glanz bewundern, und die Katzen singen hören. In dieser Nacht wirst du die Tiefe und die Weite des dunklen Horizonts sehen und erkennen. Die Körper werden verschmelzen, und ein neues Bewusstsein wird uns beflügeln." Dann antwortete sie, „Du überraschst und interessierst mich. Aus Liebe zum Spiel komme ich mit." In der folgenden Nacht wanderten die Beiden, philosophierten, erforschten die Körper des Anderen und vereinigten sich zu einem neuen Wesen.

Als sie am nächsten Morgen aufwachte, wurde ihr bewusst, dass sie einen Traum hatte.

Fortan konnte sie mit dieser traumhaften Symbiose die Welt mit den Augen des Wanderfalken sehen.

Epilog

Traum und Wirklichkeit können wie zu einer Symbiose sich vereinen. Daraus erschließen sich neue Erkenntnisse und geistige Horizonte zu entdecken. Um Träume wahr werden zu lassen…

Nina`s verlockendes Angebot

Prolog

"Ein Satz, den sie ausspricht, kann der Beginn einer intensiven Liebe oder eines Missverständnisses sein. So oder so! In den Augen des Betrachters ist sie Wunderbar! Zugleich auch der Hafen für die Suchenden des Wissens und der Vermehrung der Einsichten."

Die Zeichnung ist die Sprache des Ingenieurs

„Du bist schon so lange an diesem Projekt dran. Was treibt dich denn?" fragte sie Merlin. „Die Zeichnung besteht aus 40 relevanten Bestandteilen. Jedes davon ist wichtig für den Gesamtentwurf des Sternenschiffes. Aber ein Element für dieses Projekt fehlt mir noch...!" antwortete er ihr. „Nun mach mal eine Pause! Dieses Sternenschiff nimmt dich sehr in Anspruch. Ich fühle mich allein. Komm jetzt ins Bett...!" forderte sie Merlin auf. „Ich würde gerne, aber ich sollte vorher noch das fehlende Element einzeichnen. Es ist die Verbindungsstütze zwischen dem Diskussegment und dem Schiffsrumpf." Erklärte er ihr. „Verbindungsstütze hin oder her...

Brauchst du das jetzt? Kannst du das nicht ohne hinkriegen?" fragte sie ihn. „Es ist eine Frage wieviel ich an Informationen habe. Mit wieviel Kraft dieser Schiffsrumpf mit der Verbindungsstütze andocken kann, und in der festen Verankerung des Diskussegments verbleibt. Wird das Segment standhalten?" erklärte er ihr seine Gedankengänge. „Dann solltest du die physikalischen Kräfte berechnen und in deiner Zeichnung mit berücksichtigen. Sei in deinem Entwurf nicht zu vorsichtig!" antwortete sie ihm. „Ich bin der Meinung, dass eine Verbindungsstütze ausreichen könnte."

Dann hielt er für einen Moment inne, und sagte, "Aber du hast Recht! Ich werde dein verlockendes Angebot jetzt annehmen und später mit dem Zeichnen des Bestandteils fortfahren." Dann legte Merlin den Stift nieder und wollte gerade zu ihr ins Bett gehen, als ein Lichtstrahl im Hintergrund vorbei blitzte. Merlin drehte sich um, sah aber nichts, da das Licht plötzlich nicht mehr zu sehen war. Dann blickte er wieder zu ihr, und sah, dass im Bett die Vision seiner Zeichnung in menschlicher Form lag. Dann sagte sie, „Wie du das Angebot auch verstanden hast, dass was du glaubst und daraufhin tust, ist immer ein Versuch wert. Ob du damit zu den Sternen fliegst, oder die Sterne nur für dich leuchten. Es liegt in deinem Geist, deinem Herzen und deinen Händen..."

Epilog

Der Geist schafft die Schöpfung. Und das Herz gibt dem Leben. Daraus ergibt sich die Illusion. Die Illusion ist das, was wir sehen zu glauben. Das was wir Glauben, führt zu Taten. Die Taten führen zum Schicksal, womit wir zu den Sternen fliegen, oder sie für uns leuchten werden.

Petri`s Gabe

Prolog

"Ihre Salben waren die Linderung für die Verbrennungen zum Feuer seines Verlangens…"

Verbrennungen

Wenn sie Salben zubereitete, dann deshalb, weil sie die Verbrennungen ihrer Patienten sehr gut behandeln konnte. Sie kannte die Auswirkungen von der Hitze des Feuers und der stechenden Flamme, die die Haut anschwellen ließ und versengte. Die Rückstände an der Epidermis waren Konsequenzen unvorgesehener Wagnisse am Feuer, mit denen man spielte. Sie hatte auch ein Balsam in ihrem Sortiment, die sie aber nicht hergeben konnte, denn dieser war eine Zubereitung, die schon für einen anderen Patienten vorgesehen war. Dieser besonderer Patient, den sie wieder behandeln wollte, war ein arg gebranntes Kind. Seine ständigen Versuche mit dem Feuer zu spielen, und folglich wie so oft daran zu verbrennen, zog sie in Mitleidenschaft. Darum kam sie gelegentlich zu ihm, um seine Schmerzen zu lindern. Dieser Patient bat sie selten, aber wenn sie für ihn da war, dann war es ihr Talent und rasche Auffassungsgabe die Wunden mit Liebe, Mut, Klarheit und Kompetenz zu lindern. Petri`s Gaben waren nicht nur Salben im Sortiment, die sie einrieb, sondern auch der Wille und der Wunsch, dass dieser Patient sich nicht mehr am Feuer verbrannte.

Er sollte endlich den richtigen Umgang damit erlernen, denn seine Begierden zu verschiedenen Frauen verursachten Sehnsüchte, die er nicht kontrollieren konnte. Seine große Hitze strahlte aus dem Innern soviel Wärme heraus, dass Funken zwischen ihm und den Feuern knisterten.

Petri`s Gabe sollte wieder seine Wunden heilen, denn das lag ihr am Herzen. Denn sie wusste, er würde wieder zu ihr kommen, um seine Wunden mit ihrer Salbe einzureiben. Bis er das richtige Feuer finden würde, gab sie ihn nie auf, denn irgendwann würde die letzte Salbung ihn zum König der Herzen machen.

Epilog

Seine innere Hitze kann man nicht löschen, aber wer es aufnimmt, hat großen Anteil an der Wärme und das Licht, das von ihm ausgeht.

Eine verhängnisvolle tiefe Leidenschaft

Prolog

„Wer Sie sah, erkannte ein Wunder, den man sich nicht entziehen konnte. Und für die Ewigkeit verfallen war..."

Liebe auf den ersten Blick

In einem fernen Land, dass noch nicht von Entdeckern entdeckt worden war, und die Sonne jeden Morgen bis Abend das unbekannte Land und die Wildnis mit Licht erwärmte, gab es einen jungen Mann von wissbegieriger Neugier. Dieser Mann war auf dem Weg, diese Welt, die er kannte, durchzuwandern, und auf der Suche nach der Einen für das Leben zu finden, die er an sich Binden wollte.

Eines Tages sah Yarin in der Ferne einen Baum von schöner Pracht. Darunter eine junge Frau sitzend, die in den weiten Horizont blickte, und den Wind in den Weiden lauschte. Er ging geradewegs darauf zu, traute sich aber nicht so recht die in sich gekehrte Weiblichkeit anzusprechen. Also setzte sich Yarin bedächtig zu ihr hin. Schaute sie an, und erkannte auf dem zweiten Blick die Schärfe und den Anmut dieser Person, die sie ausstrahlte. So wie sie konzentriert in die Weite sah, hätte Yarin glauben können, es würden Millionen Engeln aus ihren Augen strömen. Die nur das Ziel hätten, diejenigen einzufangen und anzuziehen, die sie noch nicht gefunden hatten. Sie wirkte wie ein Mittelpunkt von Allem, dass nur existierte, um gefunden zu werden. Yarin wollte gerade sie ansprechen, als sie mit dem ersten Satz zuvorkommend entgegnete, „Du bist gekommen, weil du was von mir willst." „Ja, wie heißt du?" fragte Yarin neugierig, und überrascht auf ihre sehr direkte Frage. „Calinga", antwortete sie, „aber du hast meine Frage noch nicht beantwortet!" fügte sie fordernd hinzu. „Ich kam, sah dich aus der Ferne. Betrachtete dich aus der Nähe. Und ich will Dich!" sprach herausfordernd Yarin zu ihr. Dann schwiegen sie für eine kurze Weile… Dann legte er seine Hand auf die Ihre, worauf sie für einen kurzen Moment lächelte. Dann löste sich Calinga von der Starre und stand langsam auf, schaute Yarin nochmals an, und antwortete, „Warte hier! Ich werde wieder kommen! Nur das wann bleibt mir überlassen. Wenn du zu mir jemals kommen wirst, werde ich dich nicht wieder erkennen. Also sei niemals entmutigt bis ich wieder da sein werde, und wir gemeinsam diesen Baum unsere Geschichte erzählen werden." Dann ging Calinga der Sonne entgegen und sang ein Lied für ihn.

Mit der Stimme, das sein Inneres zum Schmelzen brachte, und eine immerwährende emotionale Nahrung für die nächsten Jahre ihm dienen sollte. Und geduldig trug er sie in seinem Herzen. Yarin sollte es nicht vergessen und wartete. Bis er eines Tages die Geduld verlor und zu ihr kam. Und wie geheißen erkannte Calinga ihn nicht. Enttäuscht zog Yarin auf und davon, und schloss mit ihr ab. Aber ein Funken Hoffnung verlor er nie! Die Gewissheit eines Tages mit ihr die Geschichte gemeinsam zu erzählen.

Epilog

Die Liebe auf den ersten Blick besagt, dass man auch die heiß begehrte Person gewinnen, und auch wieder verlieren kann. Aber der zweite Blick die Faszination der begehrten Person erregt. So angestachelt davon, reichen wenige Worte und die entflammende Leidenschaft zueinander intensiv zu gefallen. Wegen den widrigen Umständen müssen sich die Verliebten wieder trennen. Um irgendwann wieder zusammen zu finden, und ihre Geschichten zu erzählen.

Prinzessin Saba`s Gedanken

Prolog

"In den Augen und Blicken glaubte er ihre Gedanken zu erkennen…"

Entwicklung der intimen Zusammenkunft

Sie beobachtete schon eine ganze Weile das Besenkehren eines Sonderlings draußen vor der Villa am Rande der Stadt. Eine ganz gewöhnliche Tätigkeit für einen Menschen, der es gerne sauber und ordentlich vor der Haustür hat. Es schien ihm nicht gerade eine Last zu sein, wenn er den Besen in aller Gelassenheit vor sich hin kehrte, und in Gedanken tief versunken war. Nein, vielmehr konnten ihn die Straßengeräusche von seiner stillen Eigentümlichkeit nicht ablenken oder stören. Er räumte die Kieseln, und säuberte den Staub in feinen Häufchen beisammen, dann füllte er sie mit dem Kehrblech in die abgestellten Tonnen hinein. Die Sonne brannte ihm auf der Haut, aber es schien ihm nichts auszumachen, denn das Klima des Tages und das Wetter brachte angenehme trockene Luft herbei. Und die von der Sonne heiß erwärmten Steine zeugten einen leichten Schimmer hellen Glanzes, dass das Wetter des Nachmittages wieder spiegelte.

Nun, Sabas Gedanken schweiften etwas ab, denn sie sah an einem Bordstein viele Ameisen herum krabbeln. Bei genauerer Betrachtung erkannte sie, dass auch geflügelte Ameisen dabei waren, aber noch nicht flügge wurden. Ihr wurde klar, dass an diesem Tag die jungen Königinnen bald in eine neue Zukunft fliegen würden. Einen neuen Staat gründen wollten. Viele würden durch Gefahren und Hindernisse hindurch müssen, und nur wenige würden es schaffen auch am Ende erfolgreich zu werden. Als Saba so an diesem Treiben versunken war, bemerkte sie nebenbei wie der Sonderling gelegentlich von Passanten angesprochen wurde. Genaueres konnte sie aus der Ferne nicht mitkriegen, aber sie erkannte schnell wie selbstzufriedenstellend er sich den neugierigen Blicken an seiner Tätigkeit zu überzeugen wusste. Gelegentlich blickte er zu ihr hinüber, und lächelte sie entzückt an, denn er wusste, eine Prinzessin überzeugt man am Besten durch sich selbst heraus. Dann kehrte er weiter. Sie blickte weiterhin zum Ameisenhaufen am Straßenrand. Als sie sah, wie der Besen vor dem Haufen innehielt und einen gewundenen Kreis um den kleinen Sandhügel kehrte, weil er dem eigentümlichen Treiben der interessanten Krabbeltiere nicht zerstören wollte. Sie schloss daraus, dass er doch selbst großen Respekt vor Insekten hatte, die in der Gemeinschaft große Leistungen vollbringen konnten. Genauso wie es Bienen-, Wespen-, Hornissen und Termitenvölker taten. Sie wollte ihm der Ehre Tribut zollen, und sprach ihn dann unvermittelt an, „Dein Tun und Lassen in all den Tagen im ganzen Jahr, seit ich dich kehren sehe, habe ich eines von dir gelernt. Wie Mühselig und Hart die Arbeit auch ist, du hast dich noch nie beklagt. Deine Freundlichkeit und dein Frohsinn waren stets ein fester Pfeiler der menschlichen Umwelt gegenüber. Du hast deine Kreise gezogen, Geometrien und Symmetrien geschaffen. Da ich auch eine gute studierte Mathematikerin bin, weiß ich deine Motive zu erkennen und zu würdigen." Der Sonderling blickte sie an und antwortete, „Meine Prinzessin, du weißt wie Schicksale von Menschen sein können. Wie auch immer sie sein mögen. Man macht das Beste daraus." Dann ging er in einem leichten Bogen geradewegs auf sie zu. Schaute sie leicht verwegen an. Berührte ihre Hand. Fasste ihr um die Taille, und begann mit ihr langsam im Kreis zu tanzen. Nach wenigen schweigsamen Minuten küsste er sie auf den Mund. Schaute ihr in die Augen und sprach, „Es hat viele tausende Jahre menschliche Entwicklungsgeschichte gedauert, auf welche Art und Weise Menschen sich begegnen. Aber sehr selten ist, dass ein Mann zu einer fast unbekannten Dame direkt, die noch so Vornehm und aus gutem Hause ist, zu so einer offensiven Taktik greift, um diese im Sturm zu erobern. Um es mathematisch auszudrücken, aus einer Null ist eine ganze Eins geworden, der zu dir steht." "Dann lass uns jetzt diesen einen Bruchteil der Gegenwart aus der ganzen Vergangenheit vollenden. All die Zeit zu einem Höhepunkt aufleben lassen, und den Rest des Tages für uns auskosten. Denn morgen ist wieder ein neuer Tag. Mit all dem was das Schicksal für jeden bereithält." Antwortete Saba. Dann hob sie eine Ameisenkönigin mit der zarten Hand hoch, und pustete es in den weiten Horizont hinaus. Sie erkannten, dass die Zeit ein guter Verbündeter war. Wenn man im richtigen Augenblick die Hand zum Herzen greift, und im Sturm der Eroberung zueinander findet.

Epilog

Intimkreise können nicht nur peinliche Situationen hervorbringen. Diese Peinlichkeit zu überwinden, und zu einem romantischen Ausbruch der Emotionen hervor zu rufen. Zu einem Akt der stilvollen Zusammenkunft zelebrieren, macht es zu einer abgeschlossenen Entwicklung und Vollendung der Intimität.

Gaardner`s Fund in Ägypten

Prolog

"Die Zeit ist ein dehnbarer Begriff..."

Minuten

Gaardner war eine vielseitige, begabte und kompetente Archäologin im Bereich der Ägyptologie. Ihre Reisen in den antiken Stätten jener einstigen Hochkultur faszinierten sie seit ihrer Kindheit. Denn sie las viele Bücher über die Geschichten der Pharaonen. Deren Struktur in Wirtschaft, Religion und die vielgerühmten kulturellen Stätten, die man in der Gegenwart kannte. Von ihrer Jugend auf verschlang sie Bände von ägyptischen Romanen, die ihre Phantasie jenseits aller Vorstellungen beflügelte.

Nun, Gaardner befand sich mit ihrem Lebenspartner gerade an einer neuen Fundstätte in der Nähe vom einstigen Standort Alexandrias, einer Metropole der Antike. Aber fern jeglicher Zivilbevölkerung der Gegenwart waren sie allein in der Wüste. Gaardner grub seit einiger Zeit an einem Fundloch, der den Eindruck vermittelte, *dass noch etwas Großartiges zu bergen gab. Ihre Intuition war ihre besondere Stärke, wenn es darum ging verborgene Artefakte zu finden. Es dauerte nicht lange, bis sie Teile, die doch wesentlich zu einem Ganzen gehörten, nach und nach heraus grub. Es war wie ein Puzzle, dass Stück für Stück zusammen angepasst werden musste. Da es aber ein großes Fundloch war, dauerte es einige Tage bis es vollständig ausgehoben werden konnte. Mit jedem verstrichenen Tag veränderte sich merklich Gaardner's Gesicht und Körper. Ihre Gesichtszüge und Körperform wandelten sich allmählich in ägyptische Merkmale. Ihr Lebenspartner bemerkte zunächst nicht viel. Aber als er sie auf ihre Wandlung ansprach, konnte sie nicht so recht eine Antwort darauf geben, denn wenn sie im Spiegel sich ansah, konnte sie nur ihre gewöhnliches Selbst erkennen. Anda, ihr Lebensgefährte, wies sie immer häufiger darauf hin, aber sie konnte auch nach weiteren Tagen nichts Veränderliches entdecken. So blieb es zu einer Situation für die Beiden, dass ein jeder weiter machte, und Gaardner die Teile mehr und mehr zusammen setzte. Es fügte sich eine Statue aus Marmor, die an Glanz und Schimmern alles übertraf, was sie jemals selbst ausgegraben oder gesehen hatte. Anda, der auf diesen Moment der Zusammenlegung gewartet hatte, erschrak als er die Form der Statue und seiner Frau verglich. Beide sahen identisch aus. Verblüfft erschrak er ein zweites Mal, denn die Statue sprach plötzlich mit Gaardner, in einer Sprache, die wohl al-*

tägyptisch gewesen sein musste, die sie nur verstand. Als
die Kommunikation beendet war, blickte Gaardner Anda
an, und erklärte ihm, sie müsse für einige Minuten kurz
weg. Plötzlich verschwand sie in einem gleißendem Licht.
Anda bemerkte sonst nichts Ungewöhnliches, außer das
seine Frau nach einigen Minuten plötzlich wieder erschi-
en. Sie gab ihm sodann zu verstehen, die Zelte in der
Wüste abzubrechen, und nach dem einstigen Standort
Alexandrias zu fahren.
Als sie sich langsam der Stadt näherten, erkannten sie auf
wunderbarer Weise, dass vieles an Technik und Gebäuden
anders aussahen als bisher. Zukunftsweisende Technologien aller Art in jeglichem Bereich huschten durch die Stra-
ßen und durch die Luft. Anda wollte eine Erklärung für
die neuartigen Vorgänge haben, dass er auch von Gaardner bekam. Sie erklärte ihm, sie habe mit der Statue, der in
der antiken Vergangenheit die lebende Bibliothekarin aus
der berühmten Bibliothek von Alexandria war, gesprochen. Zusammen hätten sie den großen Brand verhindert.
Der alles zerstört hätte. Diese Bibliothek enthielt damals
sämtliches Wissen und zukunftsweisende Technologien
der Antike. Das geballte Wissen jener Zeit wurde somit
damals gerettet. Und durch die Aufmerksamkeit der Öf-
fentlichkeit, wurden jene geschriebenen Erfindungen und
Entdeckungen in Papyrusrollen sobald in die Praxis um-
gesetzt. Dieser sprunghafte Technologiefortschritt ermög-
lichte die heutige gegenwärtige Zukunft,

die Gaardner und Anda zum Erstaunen brachte.
Dann sagte sie, „Ich habe einige Minuten gebraucht, aber diese Zukunft wurde dadurch um einige Hundert Jahre nach vorn katapultiert!"

Epilog

Die Zukunft beginnt immer in der nächsten Sekunde. Der Weg dahin ist stets zu Beginn ein Traum, den man durch Intuition, Wissen und den Glauben an sich selbst verwirklicht.
Reele Zukunft ist am Anfang in Visionen denkbar, die gemeinsam stetig zur Verwirklichung vollbracht werden.

Christian von der Bree

Prolog

„Wohin?" „Auf nach Allerwohl!"

Herr der Segel

Es gab viele Ansichten wie man ein Segelschiff zu steuern und zu führen hatte. Aber Christian von der Bree fasste es in Wenigen, wenn nicht in einem Grundsatz zusammen. Alles was du tust, tue es für dich Selbst und alle zusammen zum Besten und zum Wohl der Mannschaft. In einer Art, damit ein Jeder zufrieden das gemeinsame Ziel erreicht. Dann unterbrach ihn ein Steuermann in seinen Gedanken und fragte ihn, welches Ziel er anpeilen solle. Er befahl ihm den Hafen Allerwohl anzusteuern, sagte aber daraufhin, dass sie den Ort wahrscheinlich nur erreichen werden können, wenn jeder mit Mühe und Freude daran arbeitet. „Wonach richten wir uns, wenn wir dahin reisen?" fragte sein erster Offizier. „Siehst du die Segel, die gerade von dem Wind getrieben werden? Das Ziel ist vorgegeben, und der Weg dahin wird durch den Wind beeinflusst. Diese Triebkraft und unsere Ausrichtung nach den Sternen weisen den Weg dahin." Sagte Christian von der Bree. Dann ergänzte er, „Es gibt viele Wege nach Rom, daher werden wir uns je nach den Gegebenheiten einstellen müssen, wie wir das Ziel erreichen."

Dann kam eine Möwe angeflogen, daraufhin mehrere, und immer mehr und mehr setzten sich auf die Takelage des Segelschiffes. Denn es war Land in der Nähe. Dann sagte eine Möwe zur anderen, „Die Menschen denken, planen und tun, um ihre Ziele zu erreichen. Wir Tiere erreichen unsere Ziele instinktiv. Dass eine ist weder besser noch schlechter als das andere. Der Weg dahin macht uns letztendlich glücklich, um an das Ziel zu gelangen. Die Vorfreude ist die größte Freude. Und die Belohnung ist das Erfolgserlebnis, welches zu weiteren Taten anspornt."

Epilog

Der Weg dahin macht uns letztendlich glücklich zum Ziel zu gelangen.

Aquanaris 6-9-1993

Prolog

"Tief ist der Fall in die eigene Seele, wenn man sich auf fataler Weise verliebt..."

Im Abgrund eines Traums

Calan steuerte gerade in 6993 Meter Tiefe mit seinem Tiefseeboot durch die finstere Dunkelheit des Ozeans. Die kleinen Lichter, die dieses Boot in der Finsternis ausstrahlte, dämmerten wie eine leuchtende Aura um das bewegliche Unterwassergefährt. Gerade meldete sein Gerät, dass ein großer Hurrikan über der Oberfläche stürmte, die so heftig war, dass ein leichtes Wogen in dieser Tiefe im Boot zu spüren war. Als er das soeben wahrnehmen konnte, kam von vorne etwas glitzerndes Leuchtendes auf ihn zu. Als es näher und näher kam, erkannte er ein weibliches engelhaftes Wesen. Sie hatte dunkles glattes Haar, seiden und glänzend. Ihr Gesicht war so rein wie ein heller Stern im Nachthimmel. Ihre Gestalt eines Engels gleich.
Die Augen wie Feuer. So tief im Innern, so als würden

Tausende ihrer Art herausströmen. Derart konzentriert war ihr Anblick, die sie auf Calan schaute. Calan wurde starr vor Faszination, und war wie gelähmt von diesem Wesen. Er wartete auf die nächste Reaktion. Das Wesen rief Calan durch die dichten Wassermassen. Sie drehte sich um und deutete ihm ihr zu folgen. Er setzte sein Tiefseeboot wieder in Gang und folgte ihr zu einer Höhle. Diese Höhle hatte eine große Luftblase aus hochprozentigem Sauerstoff, wo Calan aus seinem Tiefseeboot aussteigen und erfrischend atmen konnte. Dann blickte sie ihn an, hob ihren Arm zu seiner Brusthöhe hoch. Dann flüsterte sie mit leicht angehobener Stimme den Namen einer Frau. Sie durchdrang mit ihrer Hand durch seine Brust und riss sein Herz heraus. Aber es war nicht das organische Herz, sondern etwas durchsichtiges Gläsernes. Als wäre es eine Seele dessen, das wie ein Puls schlug. Calan fiel wie in einem Koma um. Sie legte sich zu ihm, bettete um ihn eine warme Decke, und flüsterte ihm den Namen dieser Frau erneut ins Ohr. Dann begann sie etwas ihm zu erzählen. Calan nahm war, was hinter seinen Augenlider wie ein Film abspielte. Er sah seine Zukunft in schneller Bilderfolge. Er sah einen jungen Mann, der hinter einer Frau herlief und stürzte dabei in die Tiefe eines endlosen Abgrunds. Dann prallte er auf einen Felsvorsprung ab, und landete auf einer terrassenartigen Platte. Auf der Platte lag etwas Sonderbares. Es gab ihm Liebe, Licht, Wärme und alles Nötige zum Leben.

Er war dankbar dafür. Sechs Jahre verbrachte er auf der Platte, und war glücklich und zufrieden mit dem geheimnisvollen Ding. Dann beobachtete Calan wie sein traumartiges Ebenbild nochmals dieses engelhafte Wesen ansah, abermals ihr folgte, und nochmals in die Tiefe stürzte. Sein gottgegebenes Geschenk ließ er zurück. Während des Fallens bedauerte er eine sehr lange Zeit, dass er dieses Geschenk zurückließ, und versank in tiefer Trauer. Irgendwann fiel er zu Boden und wachte nicht mehr auf. Denn ein Teil seiner Seele war in Finsternis, und ein anderer Teil von ihm war im Licht. Im Geist war er ein Wanderer zwischen diesen beiden Welten geworden. Calan beobachtete sich jetzt selbst im Koma.

Sein Ebenbild sprach im Schlaf. Es waren Erinnerungen von dem engelhaften Wesen. Wie eine Schatzkammer hütete er diese Erinnerungen, die er nicht vergessen konnte. Aber Calan verlangte dieses engelhafte Wesen zu berühren, aber er konnte nicht, denn er war ihr Gefangener. Sie hielt ihn fest, so stark, dass er zwar geistig loslassen konnte, aber nicht von ihrem Griff. So blieb er ein Leben lang unter der Obhut jener mysteriösen engelhaften Frau.

Epilog

Wäre Calan ihr nie begegnet…!

Ein fabelhaftes Bildnis

Prolog

„Sie ist die Stimme und Sehnsucht seines Herzens. Die Liebe in reinster Form und das Glücksempfinden, wenn er sie mit allen seinen Sinnen erfasst. Sie ist…

…das geschützte Herz"

Taran, ein begnadeter Maler und Gemäldezeichner der Kunstrichtung der Renaissance des 18. Jahrhunderts, vollendete ein Gemälde. Dieses Gemälde beinhaltete eine reich verzierte Landschaft, dazu im Vordergrund einen Büffel, der einen Karren hinter sich zog, und an seiner Seite einen geflügelten Drachen, den sie begleitete. Diese Karre hatte ein Herz in einer Lade, welches im Lichterglanz leuchtete. Taran hing dieses traumhafte Gemälde an einem Ort auf, wo es jeder, der zu Besuch kam, sehen konnte. Tage, Wochen und Monate vergingen, so wie die Jahreszeiten der Natur in verschiedenen Farben schillerten. Taran bemerkte irgendwann, wie sich die Tiere im Gemälde von Tag zu Tag, Stück für Stück bewegten. Er erkannte, wie sich der Büffel, den er Trillian, und den geflügelten Drachen, den er Calliapo benannte, in all der Zeit in der Landschaft einander in all den Gefahren beistanden und sich immer wieder unterstützten, wenn der Eine oder die Andere nicht mehr weiter wussten. Nach sechs Jahren des allmählichen Betrachtens sah Taran, wie Trillian von Tag zu Tag sich zu einer Schlucht zu bewegte und hinabstürzte, da er zuvor einem engelhaften Trugbild folgte. Calliapo blieb unlängst zurück, und forderte ihn zuvor auf zurück zu kehren, doch es war für ihn zu spät. Das leuchtende Herz in der Lade blieb jedoch bei ihr, so war es doch noch in ihrer Obhut. Taran staunte wie sich in dem Gemälde ein neues Fabelwesen auftauchte. Als mit der Zeit ein Tiger im Tal zum Büffel gelangte. Dieser Tiger, im Glanz und Charisma Trillians Gefährtin gleich, benannte Taran sodann Calliapas. So entstand mit der Zeit im Gemälde ein neues leuchtendes Herz, den Trillian auf einem Karren in der Lade mit sich trug. Weil Trillian die volle Liebe, Beistand und Unterstützung aus Erfahrung mit dem Drachen Calliapo erfuhr, so glaubte er, könne seine Freude und sein Glück mit Calliapas mit all seinen Sinnen zu neuen Höhen erklimmen. Denn das geschützte Herz wurde dadurch neu erschaffen.

Taran erkannte und interpretierte dieses Symbol im Bildnis seiner fabelhaften, wundersamen Schöpfung und gab ihm den Titel „Das geschützte Herz". Und jedem Besucher, der dieses Gemälde in lang anhaltenden Blicken bewunderte, erklärte Taran, dass diese Fabelwesen für ihn die Stimme und Sehnsucht seines Herzens in seiner Seele und im Ausdruck des Bildnisses seien.

Epilog

Trillian und Calliapo liebten sich wie Brüder und Schwester in vielfältigen Wohlwollen, gegenseitigem Beistand und Unterstützung. Darum war es sein Bestreben Calliapos Nachfolge zu Calliapas all das zu Gute kommen zu lassen, welches ihm zuvor von Calliapo zukam.

Janosch

Prolog

„Er wollte, konnte und sollte…!"

Der Kuss

Einst lebte ein alter Mann, der unbekümmert und guter Dinge die Welt aus der Perspektive eines Forschenden und Suchenden nach Wissen und vor allem der Liebe strebte. Er war anatomisch einzigartig geworden, denn sein Puls stieg schon seit langer Zeit nicht mehr als über das Mittelmaß hinaus. Sein Herz pulsierte sein Tagewerk wie die einer Uhr, so gleichmäßig und zuverlässig, als hätte es nie eine Unregelmäßigkeit im Takt gegeben. Als junger Mensch lernte Janosch eine jüngere Frau kennen, die er von ihr in Sachen Liebe und Treue in nichts nach Stand, die sich aneinander annahmen. Sie war ein Geschenk des Himmels und Janosch ihr Löwenherz. Er verlor sie auf unglücklicher Weise. Viele Jahre vergingen. Mit der Zeit begann Janosch eine Frau zu suchen, die ihn wieder glücklich machen konnte. Er suchte lange und sehr oft vergeblich, denn seine Liebe, Hingabe und Leidenschaft war stark in ihm. Und an jeder schönen Frau zerbrach seine Ambition wie die Brandung am Fels. Denn jede wies ihn zurück, wie er es auch anstellte, so gab es irgendwann keine Hoffnung mehr für ihn. Sodann lebte Janosch die folgenden Jahrzehnte allein. Und es gab nichts, was als wirklichen Ersatz für die Sehnsucht nach Berührung und Sex in dieser Welt geben konnte. Bis eines Tages, Janosch war schon sehr betagt geworden, eine Frau ihn ansprach. Sie redeten kurz miteinander. Die Sympathie füreinander ergaben eine nach ewiger Zeit neuen Schwung in Janoschs Leben. Sie kam direkt auf ihn zu, und küsste ihn mit voller Hingabe auf seine Lippen. Solange, als Janoschs Herz plötzlich erbebte und den gewohnten Schlagrhythmus aufhob, und zu einem Infarkt führte. Er starb in den Händen dieser bildhübschen Frau.

Epilog

Denn Janoschs großes Glück kam zu spät für ihn im Leben. Hätte doch schon in seinen jungen Jahren eine Frau ihr Herz in die Hand gelegt und seiner angenommen. Aber warum sollte Eine das tun, wenn es scheinbar tausend Gründe gibt immer den Suchenden abzulehnen. Der Suchende verliert nicht deshalb, weil er sucht. Er verliert, weil es offensichtlich kein Mitgefühl
für die Bedürftigkeit gibt.

Wir alle sollten uns gewiss sein, jede Ablehnung an einem Bedürftigen ist auch ein Stück emotionaler Tod für den Suchenden und auch für den Ablehnenden, denn der Ablehnende verliert mehr und mehr die menschliche Seele, und gerät in den Abgrund zu einem gefühlskalten Wesen, dessen Liebe man sucht, aber die emotionslose Kälte vorfindet.

Michel's Schafe

Prolog

"Es ist ein nicht unerheblicher Faktor, wenn man allseits begehrt ist, aber umso erheblicher ist die Lust mehr zu gewinnen, noch mehr zu erobern. Doch wirklich ist man der erlegene Eroberte vom Weiblichen, vom Jäger zum Gejagten. Zum Glück auch! Was sollte er auch tun? Wie ein Prachtstück zur Schau gestellt ist er die Begierde und Becircte des Weiblichen ausgeliefert..."

Humor ist Trumpf

Michel's Schafe waren seine einzige Leidenschaft. Er hütete, weidete, tränkte und pflegte sie nicht nur jeden Tag des Jahres. Nein, er redete auch mit ihnen. Aber er tat es nicht auf die gewöhnliche Weise wie er zu Menschen sprach, sondern sein außergewöhnliches Talent befähigte ihn zu einer ungewöhnlichen Artikulation der Sprache, die den Menschen sonderbar erscheinen musste, aber für Michel eine Möglichkeit bot, seinen Schafen auf eine ganz besondere Art näher zu kommen. Da er ein nachdenklicher und auch ein humorvoller Mensch war, fiel es ihm leicht seine Eigenschaften kommunikativ umzusetzen. Er erzählte den Schafen von all den kuriosen Begebenheiten im Alltag, von lustigen Zufällen, von witzigen Menschen und vom verbalen humorvollen Schlagabtausch mit anderen Schäfern über seine Tätigkeit. Seine Schafe schienen nicht nur zuzuhören, sondern gaben entsprechend Laute von sich sobald er eine Pointe zum Ausdruck brachte. Es war ein eindeutiges Zeichen dafür, dass seine Behüteten seinen Humor zu schätzen wussten, und mit begierigen Blicken honorierten.

Eines Abends, als Michel wieder auf der Weide vor seinen Schafen auftrat, nahm er wahr, dass etwas nicht stimmte. Seine behüteten Weidetiere erzählten nun ihm ihren Humor in der Artikulation, die er stets benutzt hatte. Und das alle auf einmal, sodass er einen Ansturm von Pointen zu bewältigen hatte, die er mental nicht verarbeiten konnte. Er flüchtete zunächst vor seiner Herde, und wollte sich erstmal auskurieren. Doch seine Schafe liefen hinter ihm her, und er konnte sich ihnen nicht erwehren.

Nun, was tat er? Er nahm das seiner Meinung nach das von den inneren und äußeren Eigenschaften attraktivste Schaf zu sich, ließ alle anderen hinter sich, und küsste es auf den Maul. Was geschah? Dieses Schaf wurde plötzlich zu einer Frau, die sich sogleich an seinen Hals warf und küsste. Die anderen Weidetiere wurden plötzlich alle still, und schauten verwundert auf das Paar. Michel's Schafe und er selbst vertrugen sich wieder einvernehmlich. Nur seinen Humor behielt er sodann für seine Neue, denn es könnte ja wieder ein neuer Ansturm der Pointen geben…

Seine Schafe ließ er dennoch nicht im Stich, sodass er sie gelegentlich besuchte und von jener sprach, die vorher eine von ihnen gewesen war.

Epilog

Wen kümmert es Wer, Was und Wie du bist? Sei du Selbst und bleib dir Treu!
Unabhängig und Lebensfroh!
Dann begibt sich das Weibliche von selbst zu Dir…

Anca`s Verzauberung

Prolog

"Mit unseren Sinnen erfassen wir die Welt. Weil uns die aufgenommenen Reize verzaubern, und die Geringfügigkeiten unsere Aufmerksamkeit nehmen, um unbemerkt und unerwartet die Wünsche erfüllt zu bekommen."

Der Augenblick des Gefühls

Jay, ein junger Mann, saß eines Morgens unter einem großen Baum und zählte die Blätter, die herunter segelten, die der Wind davontrug. So im zählen versunken, träumte er in den Tag hinein. Er dachte an alle seine Lebensziele, die er noch im Leben zu erfüllen wünschte. Wie er so träumte, überraschte ihn ein helles Licht, dass immer näher zu ihm kam, und ein Engelswesen vor seinem Angesicht erschien. Das Engelswesen stellte sich vor, und sprach zu ihm, "Was wünschst du dir?" Jay antwortete, "Sollte ich mir mehr Verstand und Weisheit, oder mehr Gefühl und Tapferkeit wünschen? Oder gar ein Frauenheld werden, und Reichtum erlangen?
Am Besten gleich Alles in Allem im Leben!"

Anca, das Engelwesen entgegnete: "Das alles sollst Du bekommen, und zwar vollkommen ohne Gegenleistung" "Wie? Wann denn?" antwortete er überrascht. "Wenn du den Zauber eines Flügelschlags eines Schmetterlings erkennst, das Glockenspiel einer Kirche klingen hörst, das Gefühl des Verliebt- seins im Herzen spürst, und das Geld ohne Geiz ausgibst. Wenn du das alles erkannt und erlangt hast, dann wird dir, ohne dass du es erwartest, alles gegeben werden." sagte sie zu ihm. "Prima! Hört sich gut an. Aber damit kann ich nichts anfangen. Nun aber verschwinde, ich habe Besseres zu tun als diesen Quatsch länger anzuhören!" Und er bewarf Anca mit dem Laub auf dem Boden.

Anca jedoch blieb standhaft und begann Jay bezaubernd und herzhaft aus vollen Liebreiz anzulächeln. Jay konnte ihr anstürmendes Wesen nicht abwenden und erlag ihrem Zauber. Dann fragte er sie ganz heiß und verlegen ob er sie berühren könne. Anca bejahte dies, er könne sie an ihrem prächtigen Flügel anfassen. Langsam und zaghaft streckte er seine Finger aus, und als diese den Flügel berührten, bekam er ein starkes und zugleich sehr befriedigendes Gefühl im Körper. Dann sprach Anca, "Siehe, wenn dir die Geringfügigkeiten im Alltag, die ich dir zu Beginn erzählte, erkennst, dann bekommst du dieses Gefühl und weißt, dass ich es bin, die sich dahinter verbirgt.

Und mit der Zeit werden alle deine Wünsche erfüllt werden!" Dann entfernte sich Anca von ihm, und sie erhob sich zum weiten Horizont entgegen.

Epilog

Empfängt man die Geringfügigkeiten im Alltag mit dem Sinn für den Zauber des Augenblicks, dann lernt man diese zu schätzen, und wird mit der Zeit unerwartet auch die Wünsche, von denen man nur zu träumen gewagt hatte, erfüllt bekommen.

Fiona´s Begegnung

Prolog

"Mein größter Moment ist für dich ein Augenblick für die ewigliche Erinnerung!"

Ein denkwürdiges Ereignis

Fiona wartete schon eine ganze Weile an der langen Warteschlange vor der Garderobe des berühmten Superstars. Sie hatte vor Aufregung Lampenfieber, und ihre Hände waren von Schweiß ganz nass, und ihr Körper brütete vor Hitze. Das nahm sie selbst aber kaum wahr, weil sie ihre ganze Aufmerksamkeit zum Anfang der Warteschlange richtete, wo der Superstar die Fans dessen Autogramme entgegenzeichnete. Die Minuten vergingen. Fiona ertrug die Zeit jedoch in geduldiger Achtsamkeit, denn bald würde sie ihrem großen Helden gegenüber stehen. Als sie nun an der Reihe und der große Moment gekommen war, nahm sie ihr Fanbuch aus der Tragetasche. Mit einer blitzschnellen Aktion schlug sie ihm in einem Moment ihrem großen Vorbild auf den Kopf. Der Star taumelte ein wenig. Verwundert und sehr überrascht

schaute er ganz verdutzt seinen Fan an, und fragte sie mit einem ernsten Lächeln was das eben sollte. Fiona antwortete, „Wenn du mir wie allen anderen nur ein Autogramm gegeben hättest, dann hättest du mich sogleich wieder vergessen. Aber durch den leichten Schlag wirst du ewiglich an mich denken! Und dich durch den geringfügigen physischen Schmerz immer an mich erinnern, dass ich dein größter Fan bin!!!"
Dann umarmte sie ihn und küsste ihn auf die Wangen. Gleich danach verschwand Fiona in der Menge. Aber den bleibenden Eindruck von ihr vergaß der Superstar in seinem Leben nicht.

Epilog

Vom Betrachter aus gesehen, erkennt man den Menschen in der Masse nur ein Augenblick lang. Aber eine ewige Erinnerung gilt demjenigen, wer eine geniale Idee in die Tat umsetzt.

Das Relikt aus dem Alten Testament

Prolog

"Wahre Größe liegt in der Kraft, die menschliche Natur zu bezwingen."

Der Disput

Jeremia und Calebia lagen schon seit geraumer Zeit in einem Streit. Jeremia, der Gelehrte und seine Frau stritten sich um die Frage, wie es nach dem jüdischen Gesetz "Auge um Auge, Zahn um Zahn!" gelte. Calebia hatte schon lange nicht mehr mit ihrem Mann gesprochen. Aber Jeremia duldete irgendwann nicht mehr dieses betretene Schweigen, also begann er zunächst einen monologen Gespräch zu seiner Frau.
"Calebia, mein reizendes Weib, du vertrittst die Ansicht, wie so viele andere aus unserem Volk, dass der Akt der Rache, auch unter dem Deckmantel der Gerechtigkeit ein geregeltes Gleichgewicht unter den Menschen mit- und untereinander schafft. Dazu möchte ich einige Anekdoten von uns erzählen. Erinnerst du dich noch als wir uns damals kennengelernt hatten? Es war schön und aufregend

für uns beide. Wir verstanden uns gut und liebten es miteinander auszugehen. Aber irgendwann wolltest du meine Liebe nicht mehr annehmen. Weil ich angeblich zu alt für dich war. Aber der wahre Grund war dein Eigennutz, den du von mir hattest, und schließlich das bekamst, was du wolltest. Dann ließest du mich in Stich. Aber nicht genug vom Schicksal getroffen, machten meine Obergelehrten mir das Leben schwer, weil einige von ihnen vom fanatischen "Gerechtigkeitswahn" betroffen, dir statt mir die Solidarität offenbarten. Mir blieb nicht anderes übrig, dass alles hinzunehmen und zu ertragen, denn jegliche Opposition wurde im Keim erstickt. Und mehr noch, die Zuneigung zu dir fast zerstörte. So schrieb ich denn später nach einigen Monaten ein Resümee von uns Beiden, welches die Tatsachen, und auch die Konsequenzen daraus, erläuterte. Ich hielt das für ein seelischen Ausgleich dafür, was ich wegen dir alles ertragen musste. Dennoch vergab ich dir aus Liebe und Zuneigung, und blieb dir in gewisser Weise treu. Später kamen wir wieder zusammen und das Resultat ist der Status Quo. Nun beklagst du dich wegen alledem, und sprichst seitdem Disput nicht mehr mit mir. Wir sind schon so lange zusammen, und trotzdem gelingt es dir nicht all das Gute, was wir uns gegeben haben, zur Erinnerung zu rufen. Gegenüber einer gesellschaftlichen Lehre, der unserem Volk seit Jahrtausenden zu vielen Problemen geführt hatte. Der sogenannte Deckmantel der Gerechtigkeit ist ein Akt der Rache,

die zu Nichts führt, außer zu noch mehr Konflikten. Was für ein gesellschaftlicher Irrsinn!!!
Meine Liebste, an unserem Beispiel solltest du doch am Besten erkennen, dass zwar unser Disput folgerichtig ist. Aber aus der Konsequenz heraus die beste und humanste Lösung dafür ist, dass wir für unsere Fehler uns entschuldigen, und beteuern es nicht wieder zu tun. Auszusprechen, dass es uns aufrichtig Leid tut. Die Quintessenz von Alledem gilt, dass es "ein Relikt aus dem Alten Testament" ist, der längst keine Gültigkeit mehr hat. Das "Neue Testament" lehrt uns stattdessen Liebe und Vergebung!" Als Calebia diesem Monolog anhörte, antwortete sie, "So sei Es!" Dann küsste sie wieder seit langem Jeremia, und gab ihm zu verstehen, dass dieser Disput beendet sei. Und von nun an nicht mehr das alte Relikt, sondern die neue Glaubenslehre gelte.

Epilog

Der Wandel sollte schon vor etwa 2000 Jahren stattgefunden haben, als das Christentum entstand. Aber die menschliche Natur beugt sich mehr einem Ideal der Stärke und Gewalt als einer humanen, emotionalen Vernunft. Darum kämpfe man mit jedem neuen Tag um die bessere gesellschaftliche Glaubenslehre! In uns, und uns herum!

Ein Leben am Fluss

Prolog

"In der Ruhe liegt die Besinnung und die Kraft zur Verwirklichung!"

Die ewige stille Siedlung

Die Menschen am Fluss gingen tagtäglich von früh bis spät ihrer Arbeit nach. Die Frauen verrichteten die Hausarbeit, und wuschen das Geschirr und die Wäsche am Fluss. Die Männer gingen unter anderem ihren Berufen als Schmied, Bauern und Pferdezüchter nach. Sie lebten im Einklang mit der Natur, so als ob Gott den kleinen Ort den Platz zuwies, als die ersten Siedler ihre Hütten und Höfe errichteten. Dieses selbstgefällige Treiben der Siedlungsbewohner kümmerte es wenig, was außen um ihnen herum passierte. Tagein, Tagaus, von Monat zu Monat, Jahr um Jahr ging die Weltgeschichte über diesen kurzen Landstrich am Fluss vorüber.
Es gab sowohl Friedens-, als auch Kriegszeiten, aber den Menschen am Fluss interessierte es auf das Herzlichste wenig. Die Jahrzehnte vergingen, und Jahrhunderte ver-

strichen. Es blieb die ewige stille Siedlung. Ein Ort der Ruhe. Und jeder Besucher im Laufe der Geschichte sah dieses eigentümliche Treiben, und war
von dem Frieden beeindruckt.
Nach einigen tausenden Jahren kam nun ein kleines Kind in diese Siedlung. Dieses Kind kam zu einem Bewohner und zerrte es an der Kleidung. Der Bewohner sprach nun zum Kind, "Sag was du willst! Nimm ein Spiel- oder Werkzeug in die Hand und mach mit oder lass es sein!" Dann ging er weiter seiner Arbeit nach. So wie es schon immer zu allen Zeiten gewesen war und werden würde.

Epilog

Jeder Mensch, zu allen Zeiten der Geschichte, in allen Orten der Erde möchte in Frieden seine Arbeit in Ruhe verrichten, und seinen gerechten Lohn bekommen.
Die Natur möchte er erhalten. Eine Lebensqualität schaffen, die ihn glücklich macht.
Und eine Familie gründen, um den Fortbestand
zu sichern.

Die Idylle "der ewigen stillen Siedlung" existiert in Träumen und in wenigen Orten dieser Welt. Für die Träumenden ist es ein Gedanke für die Ewigkeit der Weltgeschichte. Entscheidend für die wenigen Menschen ist die Sicht

der Dinge und der Gedanke, dieses Ziel in einem kleinen begrenzten Rahmen zu verwirklichen.
So wie es zum Beispiel die Amish People oder die Quäker tun. Aber es gibt auch Menschen, die darum bemüht sind, im Einklang mit der Natur zu leben. Und mehr oder weniger gleichgesinnte Freunde um sich versammeln.

Sie bekam einen bayerischen Akzent…

Prolog

"Eine Liebe wirkt am intensivsten, wenn man sie nicht mehr in den Händen trägt.
Und das Geschenk des Himmels verloren ist…"

Das Drachenballon

Colin und Madeleine waren auf einem Weihnachtsmarkt unterwegs. Rein zufällig entdeckte Colin an einem Stand einen schön bemaltes keramikartiges Drachenballon, den er auch sogleich kaufte. Für ihn war es ein ästhetisches Stück, dass ihn immer an seine Freundin erinnern sollte. Dann machten sie sich auf den Heimweg. Als sie zuhause ankamen, packte Colin das eingewickelte Päckchen aus. Er entnahm die Figur des Drachens aus dem Ballonkorb, um es näher zu betrachten. Plötzlich glänzten die Augen der kleinen Drachenfigur und wirbelte Colin und Madeleine in eine Zeitschleife.

Das Paar befand sich nun in einem realen Ballon unter den Wolken. Aber die Stadt, in der sie wohnten, existierte nicht mehr, sondern eine Waldlandschaft lag unter ihnen. Sie befanden sich jetzt in einer anderen Zeit am selben Ort. Nachdem die beiden sich erstmal von dem Schock erholt hatten, und dieses unerklärliche Ereignis zu verarbeiten versuchten, steuerten sie den Ballon über die Naturlandschaft hinweg.

Tagelang entdeckten sie außer der heimischen Tierwelt keinen Menschen. Irgendwann aber sahen sie das erste Stammesdorf. Die Menschen unter ihnen waren sehr beschäftigt, und sahen den Ballon nicht, denn dieser schwebte so gerade über die Wolken hinweg. Colin und Madeleine beschlossen abseits vom Dorf zu landen. Sie wollten schließlich erfahren, wo und zu welcher Zeitrechnung sie sich befanden. Nachdem sie landeten, und den Ballon unter vielem Gestrüpp versteckt hatten, machten sie sich auf den Weg zum Dorfeingang. Ganz offen und unverhohlen samt ihrer modernen Kleidung und einer Sprache, die zu dieser Zeit wohl keiner verstehen würde. Die Dorfbewohner blickten ziemlich überrascht auf die Neuankömmlinge. Aber das Paar ging sehr mutig zum Dorfplatz im Zentrum, wobei die neugierigen Leute sie begleiteten. Dann kam derjenige, der wohl eine Art Häuptling war und etwas zu sagen hatte, zu ihnen. Sie konnten sich nur mit den Namen vorstellen. Zu einer verständigen Konversation kam es nicht. Aus irgendeinem Grund nahm der Häuptling Madeleine in die Hand, und brachte sie in eine Hütte. Colin dagegen sonderte er aus und geleitete ihn zum Dorfeingang. Colin versuchte tunlichst zurück zu seiner Freundin zu kommen, aber die Dorfbewohner drängten ihn von ihr hinweg. Aus dem Dorf heraus gekommen, machte Colin sich sofort auf dem Weg zum versteckten Ballon. Nachdem er es wieder aufgestellt hatte, brachte er das Luftgefährt in die Wolken hinauf, um nicht gesehen zu werden. Er steuerte es zum Dorfe hin, um zu sehen, was jetzt dort vor sich ging.

Doch die Wolken waren zu hoch, und der Ballon machte deswegen aus dieser Höhe dem Betrachter unmöglich etwas zu erkennen. Mit dem Luftgefährt wollte er sich nicht herunter bewegen, aber auch auf dem direkten Weg zu Fuß wollte er Madeleine nicht befreien. Denn allein auf sich gestellt, wähnte er sich, keine Überlebenschance zu haben.

Widerwillig und feige wie er in dem Moment war, entschloss er sich, sie zurück zu lassen. Er nahm die Drachenfigur aus der Tasche, schüttelte sie, und die Augen glänzten wieder. Die Zeitschleife, die wieder um ihn entstand, brachte ihn um einige Jahre später in die Zukunft am selben Ort. Nun sah Colin das Dorf wieder.

Er landete abseits davon und machte sich vorsichtig zum Dorf hin. Ein Dorfbewohner entdeckte ihn im Versteck und geleitete Colin zu Madeleine. Die anderen Bewohner schauten ihn mit Neugier an, aber ließen ihn diesmal in Ruhe hindurch gehen. Als er nun zu Madeleine geführt wurde, umarmte sie ihn auf herzlichste Weise. Dann redeten sie stundenlang darüber, was denn alles nach der Trennung geschehen sei. Sie erzählte ihm, dass sie Beide zu den Bajuwaren im frühen Mittelalter gelangt seien. Sie sei inzwischen wieder mit einem anderen liiert, und wäre zur Zeit glücklich mit ihm. Sie hätte sich sehr gut im Dorf integrieren können. Glücklich in diesen Stunden des Beisammenseins und traurigen Herzens sie wieder zu verlassen, kehrte Colin zurück zum Ballon und aktivierte die Drachenfigur nochmals. Diesmal gelangte er wieder in die Gegenwart. An dem Ort, wo das Pärchen ursprünglich in die Zeitschleife gelangte. Überraschenderweise stand jetzt Madeleine neben Colin da und sprach jetzt in einem bayerischen Akzent...

Epilog

Erinnerungen aus den Zeiten des Beisammenseins mit einer Freundin können viele Jahre danach zu unglaublichen phantasievollen Geschichten führen.
Unglaublich ist auch die Tatsache, wenn man lange danach keine feste Beziehung mehr hatte, die langjährige Partnerschaft von damals,

in der Gegenwart zu einem Ideal stilisiert. Weil die Einsamkeit die Phantasie beflügelt, und die einstige Beziehung eine Realität gewesen war.

Parfüm der Erinnerung

Prolog

"Alte Liebe rostet nicht!"

Der Stein des Anstoßes

Ein alter betagter Mann ging gerade langsam durch die Tür hindurch. Er war endlich an seinem Ziel, dem Bürgerhaus von Dorsey, angelangt. Dann bewegte er sich geradewegs zum Schalter einer Frau. Er wollte eine bestimmte Information haben. Er erkundigte sich bei ihr um den Verbleib von Jenna Tifflen. Er erklärte, er müsse unbedingt wissen, wo sich diese Frau befinde, denn er erinnere sich noch an seine Jugendliebe. Doch er verlor den Kontakt zu ihr im Laufe der Zeit.
Aber die Frau am Schalter konnte aus Datenschutzrechtlichen Gründen diese Information nicht weiter geben. Nochmals forderte der alte Mann halsstarrig diese Information von ihr, aber die Frau blieb stur und wies ihn abermals ab. Daraufhin wendete er sich langsam von ihr ab und jammerte leise vor sich hin. Er setzte sich im Warteraum hin und klagte lauthals über die Ungerechtigkeit

auf dieser Welt. Er wollte doch nur ihren Aufenthalt erfahren, um seine Jugendliebe wieder zu treffen. Aber diese sturen Bürokraten verwehrten es ihm.
Zur gleichen Zeit im Eingang des Zimmers 2309 befand sich eine junge Frau, die dieses Drama mitgekriegt hatte. Sie kannte diese Person, die der alte Mann treffen wollte. Sie wusste aber auch, dass die gesuchte Person nicht wünschte, diesen Mann sehen zu wollen. Aus Mitgefühl für diesen alten Mann, denn sie kannte seine Lebensgeschichte, nahm sie ein Parfüm aus der Handtasche und besprühte sich ausgiebig damit. Dann ging sie langsam an ihm vorbei. Mit plötzlicher Erregung stand der Alte auf, und blickte diese Frau auf überraschender Weise an. Durch den Parfümduft wurde ihm mit rasender Gewissheit klar, dass dieser Duft nur von seiner Jugendliebe stammen konnte. Er erkannte in dem jungen Gesicht die Merkmale der gesuchten Frau. Eben viel Jünger. Sie schaute ihn kurz an, sodann verschwand sie schnell aus dem Warteraum. Der alte Mann wollte noch eiligst hinterher, aber der Wille gereichte nicht zur Kraft den Körper genauso schnell hinter der Frau zu bewegen. Er rief, sie solle stehen bleiben. Aber sie war schon außer Reichweite. Am anderen Ende des Ganges stand eine alte Frau hinter der Säule versteckt. Sie beobachtete dieses ganze Geschehen. Denn ihre Tochter hatte soeben von Jenna Tifflen abgelenkt. Aber die alte Jugendliebe konnte sie nicht übers Herz bringen seinem Schwarm gegenüber zu

treten. Zumindest gewährte sie ihm einen Anblick ihrer Gesichtsmerkmale der Tochter. Und den Parfümduft, den sie schon ein Leben lang auf sich trug, und der Tochter weitergab. Und dieses Parfüm erinnerte den alten Mann sofort an seine einstige Liebe. So sah sie ihn nach all den Jahren wieder, doch sie konnten sich nicht begegnen…

Epilog

Sie hätten es sich verdient wieder zu sehen, und neu kennenzulernen. Aber soziale menschliche Konventionen ließen es leider nicht zu. Und weil es der Betroffene an Mut und Bereitwilligkeit mangelte.

Diffuses Licht

Prolog

"Vergangene Verluste der Liebe sind ein Trauerspiel."

Ken`s Engel Sela

Ken lag auf der Couch in einem abgedunkelten Zimmer, worin ein diffuses Licht durch die Fensterrouladen schien. Es war Tag, der den Frühlingsbeginn einläutete, aber das Wetter nur ein leichten warmen Sonnenschein vermittelte. Ken war ein Tagträumer, aber oft genug erinnerte er sich auch an seine Vergangenheit. Seine Reminiszenzen beinhalteten einige Freundinnen, die er im Leben hatte. Er schwelgte in der Vergangenheit, welche glücklichen Momente und Stunden er mit ihnen verbracht hatte. Dabei bekam er ein wehmütiges Herz, welches die Stimmung in leichter Trauer wieder gab.

Da lag nun Ken auf dieser Couch, als ein Engel durch dieses diffuse Licht wieder erschien. Ken kannte diesen Engel, den er Sela nannte. Wenn er sie traf, dann unterhielt er sich gern mit ihr. Diesmal sagte Sela zu ihm, dass sie ihn wieder mal erwischt hätte, wie er in nostalgischen Gedanken versinken wäre. Sie wusste sehr wohl, über was er mental gestolpert war. Ken meinte, was sie dass angehen würde. Niemand könne sich den Hauch von Schmerz vorstellen, weil er die Vergangenheit mit seinen ehemaligen Freundinnen nicht wieder herstellen könne. All das verlorene Glück, dass er nicht mehr hatte. Sela antwortete dann, "Du hast all das Glück gehabt, aber jetzt haben wir die Gegenwart. Alle diese Freundinnen haben schon seit langem andere Freunde gefunden, mit denen sie ihr Glück teilen. Von denen gedenken nur in wenigen Augenblicken von der gemeinsamen Zeit mit dir. Du vergehst dich in Melancholie, während die Anderen in der Gegenwart leben und genießen. Ken, mein Lieber, sei kein Bettler der Vergangenheit, sondern ein Genießer der Gegenwart und ein in sich Ziele steckender Mann der Zukunft!"

Epilog

Das Glück der Vergangenheit ist nicht wieder herstellbar. Auch wenn man gern an glorreiche Tage zurück blickt. Die gedanklich betroffenen Personen befinden sich schon längst in eine andere neue Welt des Erlebens, die von dem Eigenen nicht mehr viel gemeinsam haben. Das diffuse Licht mag die Gedanken läutern, sofern man dazu bereit ist, die eingefahrenen Gewohnheiten aufzugeben, *um ein neues Lebensglück der Gegenwart, und die der Zukunft zu schaffen.*

Franci´s Schlüssel

Prolog

"Hmmm, da könnte wohl was dran sein…"

Biologische Konstante

Francis war in Gedanken versunken. Nach Zusammenfassung und sorgfältiger Überlegungen seiner Theorie, stand er von seinem Bett auf, und ging geradewegs aus der Tür heraus. Sein Weg führte zu einer seiner Freundinnen Iris, mit der er über alles reden konnte. Ihre und seine Gedanken waren stets ein Austausch, mit dem sie miteinander in fröhlicher Geselligkeit umgingen.

Nun, Francis traf sie wieder mal in der Bar, wo einfach alles stimmte. Das Ambiente, die Musik und die Stimmung war oft angenehm in lockerer Atmosphäre. Eine Unterhaltung konnte zwischen den Menschen mit ruhiger Sprache kommuniziert werden. Da saßen Iris und Francis auf einer Polstereckbank angewinkelt zueinander am Tisch. Sie mochten sich, weil sie einfach auf gleicher Wellenlänge waren.

Und die "Chemie" sie gemeinsam verband.

Francis beabsichtigte seine neusten theoretischen Erkenntnisse Iris darzulegen. Er begann es so zu formulieren, "Iris, dass was ich jetzt dir versuche zu erklären, mag ein wenig verrückt klingen, aber ich bin der Auffassung, dass da schon was dran sein könnte. Das Männliche in der Natur, sei es ein Säugetier oder ein Mensch möchte sich fortpflanzen, um seine Gene in die nächste Generation weiterzugeben. Das Männliche ist im Prinzip das Dynamische. Das Weibliche im Prinzip das Ruhende. Nehmen wir als Beispiel an, dass ein Mann eine Frau begehrt und sie verführen will. Natürlich gibt es auch andere männliche Konkurrenten, die ebenfalls diese eine Frau begehren und verführen wollen. Die Frau wird sich die ganze Sache aus einer gewissen ruhenden Position aus erstmal anhören und mitfühlen, also im Grunde genommen emotional und gedanklich partizipieren. Das tun grundsätzlich alle Frauen. Mehrere Männer werden für diese eine Frau in soweit werben, bis sie sich für einen entscheidet. Sie lässt sich Zeit. Einfach aus dem Grunde, weil sie schon sehr gut erwägen will, den möglichst besten Mann mit all seinen Fähigkeiten und Eigenschaften auszuwählen. Denn wenn sie sich für einen Mann entscheidet, der sich als der Unpassende erweist, würde das verheerend für ihre Zukunft sein. Davor fürchten sie sich. Denn ein Mann reproduziert stets immer wieder neue Millionen

Spermien, die er eigentlich von Natur aus jeder potenziellen Frau weitergeben möchte. Eine Frau dagegen reproduziert nur einmal im monatlichen Zyklus eine Eizelle. Und diese Eizelle soll der passendste beste Mann bekommen. Ein unpassender Mann fürs Leben kann viele Probleme nach sich ziehen. Viele gescheiterte Beziehungen und Ehen kennt man ja bereits in allen möglichen Variationen. Und diese Probleme will sie schon vorneherein ausschließen. Um den Nachwuchs gesichert in einer stabilen Partnerschaft zu führen. Je passender, desto Besser. Der Mann, der mit seinen Attributen, und von der Sympathie bzw. "Chemie" her, intuitiv am hartnäckigsten mit Feinfühligkeit, Geduld und Ausdauer zu ihr durchdringt, wird sie letztendlich annehmen. Ist das bis jetzt alles klar definiert?" fragte Francis seiner gespannten Zuhörerin. Iris hatte keine Einwände gehabt. "Und weiter...?", erwiderte sie. Dann fuhr Francis weiter fort, "Iris, du kennst sicherlich auch die biologische Natur der Befruchtung? Ich gehe mal davon aus mit einem "Ja". Beim Geschlechtsverkehr, wo der Mann die Frau am Besten in Stimmung zur sexuellen Hingabe bringt, wird sie, sofern auch der richtige Zeitpunkt im Zyklus stimmt, Eisprung eben, sie auch bereitwillig ihr Geschlechtsorgan, sowohl Innen und als auch Außen, öffnen. Nach der Ejakulation des Mannes, wenn die Millionen Spermien auf dem Weg zur Eizelle unterwegs sind, werden nach und nach nur ein geringer Teil von ihnen nah an der Eizelle ankommen.

Also, je bereitwilliger und hingebungsvoller die Frau war, desto mehr Spermien werden ankommen. Hängt natürlich auch von der Qualität und Quantität der Samen ab. Im Prinzip, je vitaler und dynamischer der Mann in seiner Eigenschaft, desto besser sein Samen. Intuitiv spüren das Frauen. Nun, es sind jetzt ein geringer Teil Spermien an der Eizelle angekommen. Was meinst du, welches wird sich durchsetzen?"
Iris überlegte stirnrunzelnd und antwortete unsicher, "Irgendeiner wird schon durchkommen..., woher soll ich das wissen? Vielleicht auch Niemand..." Francis lächelte triumphierend und entgegnete, "Das Spermium, das durch die chemischen Duftstoffe der Eizelle und Selbst als passendsten erscheint, dazu sich geschickt "feinfühlend", hartnäckig mit Geduld und Ausdauer den langen Weg zu ihr erkämpft hat, wird in die Eizelle durchdringen... Alle anderen Spermien werden nicht mehr eindringen können. Dieser eine Spermium hat es geschafft! Er darf sich nun in die Eizelle vielfach mit ihr teilen. Ein neues Leben entsteht." Iris begriff jetzt das ganze Ausmaß Francis Theorie. Begeisternd ergänzte sie seine Gedankengänge, und antwortete, " Francis, du willst damit sagen, dass das Verhalten der Paarfindung der Geschlechter in der menschlichen Natur ebenso wie im Kleinen gleichfalls mit denselben Bedingungen vollzogen wird."
"Absolut! Wie im Großen, auch im Kleinen... Überall in der Natur dieselben Bedingungen. Ist doch ein Wunder,

dass das Geschlechterverhalten im Prinzip in den Urformen der biologischen Zellen liegen." erklärte Francis Iris. Kurze Stille folgte, als er noch hinzufügte, "Deswegen ist es auch wichtig zu der Erkenntnis zu gelangen, das jeder Mensch selbst ein Gewinner ist. Ein Gewinner, weil ein Spermium und eine Eizelle gemeinsam Leben geschaffen haben. Dieser eine Spermium hat es von Millionen Anderen als der Beste für Sie sich durchgesetzt. Mit dieser Erkenntnis und dem Selbstbewusstsein sollte eigentlich jeder Mensch durch das Leben gehen…! Überzeugt von sich Selbst, dass seine Urform, die zwei Zellen, das auserwählte Spermium und die einzige Eizelle ihn oder sie geschaffen haben."
Nach einvernehmlicher Zuredung und den vermehrten Einsichten, gingen die Beiden zu ihr in die Wohnung. Francis verführte sie nun wieder Mal in allen Facetten der Kunst, und lagen anschließend im Bett…

Epilog

Jeder Mensch ist in einem gewissen Sinne ein Gewinner. Diese Erkenntnis ist ein Schlüssel, mit dem man eine Grundvoraussetzung schafft, mit Überzeugung eine Tür zur Frau zu öffnen…

Jadzia

Prolog

"Ein halbes Leben ohne Sinn und Verstand. Ein halbes Leben war zerronnen durch zielloses Treiben einer Flaschenpost durch das Meer. Die enthaltene Botschaft, eine tiefe Sehnsucht nach der Ausfüllung der Liebe. Ein halbes Leben verloren ohne erfüllten Sex..."

Hunger nach Leben

Jadzia wurde durch das helle Sonnenlicht am Morgen sanft im Bett geweckt. Die durchfluteten Sonnenstrahlen hatten eben noch durch ihre geschlossenen Lider eine Wärme erfühlen, und die Helligkeit durchdringend ihre Augen öffnen lassen. Sie fühlte sich Bereit. Bereit, ein ganz neues Leben zu beginnen.

Die Wochen davor war sie Nachts oft verzweifelt gewesen. Sie weinte bittere Tränen auf ihrem Kopfkissen. Wenn sie an all die verlorenen Jahre dachte, wo sie in ihrem Privatleben mit Menschen verbrachte, die sie nicht weiterbrachten. Sie konnte kein Gewinn daraus ziehen.

Nur Erfahrungen, die sie lehrten, ihre Zeit verschwendet zu haben. Sie war mehr Gefühlsmensch, als dass sie regelrechte Pläne ausarbeitete. Keine wirklichen Ziele hatte sie gehabt. Irgendwann setzte sich in ihr ein Denkprozess in Gang, der sie mit langen Überlegungen und Erwägungen dazu bewog, einen neuen Start für ihre Existenz zu gestalten. Einerseits wirklich sinnvolle Ziele vorzulegen, die sie mit Mut und Entschlossenheit, aber auch mit Gelassenheit verfolgen könnte. Wenn sie gelegentlich an Herausforderungen scheitern würde, dann würde sie wieder aufstehen, um das Ziel weiterhin zu verfolgen. Anderseits, war es ihr zudem wichtig, zukünftig Menschen mit Neugier und Interesse zu begegnen. Sie aus diesen Beweggründen kennenzulernen. Mit Freude und Humor, Gelassenheit und Aufgeschlossenheit, Lernbereitschaft und Erkenntnis, Liebe und Schmerz auf sie zuzugehen. Dazu plante sie ihren Körper zu einer im Grunde genommenen soliden Muskelausstattung zu formen. Keine Übermäßigkeit, sondern eine unglaubliche intensive und starke, direkte und erotische Grundausstattung, die sie zu einer überaus attraktiven Frau machen würde.

Dieser Tag, die Wintersonnenwende des 21. Dezember, hatte nun begonnen…

Jadzia lernte daraufhin viele neue Menschen kennen.

Teils mit Erfolg, teils mit Misserfolg. Mehr als alles Andere im Leben, gab es verpasste Gelegenheiten. Jadzia hatte unglaubliche Energien, die sie im Körper fühlte, und dazu nutzte, ihren Tagesablauf sinnvoll, kreativ und impulsiv zu gestalten.

In ihrem Geist sprudelte es in steter Quelle Unmengen Ideen von Einfällen und Schaffenskraft. Die sie auch gelegentlich umsetzte. Die Menschen um sie herum fühlten sich von ihr inspiriert, dazu charismatisch verleitet, Jadzias Verhalten nachzuahmen. Charisma wurde zu einem wesentlichen Bestandteil ihres neuen Charakters. Dieses wurde auch ein integraler Bestandteil ihrer Führungsqualitäten.

Und als Jadzia all diese Veränderungen für sich wahrnahm, entschloss sie sich zu einer Karriere zum Captain eines Sternenflottenschiffes zu werden. Und mit Stärke und Hartnäckigkeit, Geduld und Ausdauer hatte sie es auch erreicht.

Jahre später...

"Rendezvous Muster Gamma-8-Manöver einleiten! Wir werden in 18 Stunden auf die Angriffsflotte treffen. Um mit dem Admiral Führungsschiff der Defiant in Formation zu gelangen. Energie!"
sprach Captain Jadzia in festem entschlossenem

Tonfall richtungweisend zum Lichte der Sterne auf der Brücke des Sternenflottenschiffes der "Elle Terry".

Epilog

Wenn das Leben eines Menschen zum größten Teil aus Dunkelheit bestanden hatte. Verzweiflung und Tränen zum Auslöser eines Umdenken wird. Dieser Denkprozess zu einem neuen zweiten Leben wird. Dann hat das einbrechende Licht die Dunkelheit aus der alten Existenz verdrängt. Der Hunger nach Leben, den Menschen zu einem sozialen Wesen in allen Bereichen geformt. Und mit Hilfe der neu hinzu gelernten Charaktereigenschaften das Charisma, kreative und körperliche Energien zum beruflichen Erfolg geführt.

Ezri

Prolog

"Julian erzählte immer wieder von Anderen, während er mit Ezri sprach..."

Reiz der Eifersucht

Ezri winkte ihm lächelnd zu. So bescheiden es auch aussehen mag, es wirkte sehr charmant und bezaubernd. Julian, der schon wartete, nahm gerade diesen wunderbaren Moment wahr, und schritt geradewegs auf Ezri zu. Sein Blick heftete sich mit dem Kopf leicht abwendend und verstohlenem Blick zu ihrem Gesicht. Er lächelte mit leicht gewinnenden Gesichtszügen. Sein Gang war entspannt und souverän. Sein Atem ließ er in geringem Übermaß an Aufregung anhalten, die er unter Kontrolle zu halten wollte. Dann umarmte Julian sie, und küsste Ezri in einem gewagten Schwung auf die Lippen.
Nach einigen bewegenden Sekunden des überschwänglichen Glücksgefühls, löste er sich ein wenig von ihr. Julian schaute tiefblickend in ihre Augen. Dann sprach er mit fester Stimme,

"Ich Liebe Dich! Nur Dich…! Nie wieder werde ich von einer Anderen jemals erzählen…, Nie wieder!"

Ein Tag zuvor.

Ezri ignorierte Julian schon seit Tagen. Denn sie hatte es endgültig satt, seine ewigen Schwärmereien von anderen Frauen anzuhören. An seine Prahlereien hatte sie sich schon gewöhnt. Aber vor einer Woche platzte ihr der Kragen, als Julian wieder von seinen neuen Kontakten zu Frauen erzählte, die er gelegentlich kennenlernte. Als Julian zum wiederholten Male damit angab, drehte Ezri mit einem Schwung um 180 Grad rum, und ließ ihn ganz allein stehen. Sein Ausdruck im Gesicht ließ ihn zu einem verdutzten Deppen verharren. Seine Worte verloren sich in Sinnlosigkeit und Dummheit, die er nun selbst erkannte. Ezri hatte gemischte Gefühle danach gehabt. Ihre Befriedigung, Julian einen entscheidenden Dämpfer verpasst zu haben, genoss sie zunächst in vollen Zügen. Sie grinste hämisch, den sie nicht verbergen konnte. Nach einer Weile beschlich sie wieder die empfindsame Liebe, die sie für Julian empfand. Einerseits bereute sie ein wenig diese plötzliche Abweisung an einen Menschen, der eigentlich immer wieder sie gut unterhalten konnte. Sein Charme, Humor, Verständnis und die intelligente Art, die er stets mit guter Stimmung verbreiten konnte, ließ sie immer wieder bezaubern. Aber Ezri musste ihrem Heißblut einen sprichwört-

lichen kräftigen Tritt in den Hintern geben, damit er endgültig zur Besinnung kam.
Ezri sinnierte schon die ganze Weile nach, dann ging sie zu Bett. Denn die nächste Schicht sollte am frühen Morgen danach auf der Brücke des Sternenflottenschiffs "Elle de Boer" beginnen. Diesmal würde es eine Mission im tiefen Raum geben. Eine willkommene Abwechslung für die sonstige Arbeit in der Raumstation. Dort, wo sie gewöhnlich nicht mit Julian zusammen arbeitete. Aber am kommenden Tag würde sie zwangsläufig ihn wieder sehen. Denn auf der Brücke müssten sie als Team optimal zusammen arbeiten können. Die negativen Gefühle, die zwischen ihnen in spannungsgeladener Kommunikation entladen würden, wäre keine gute Basis für die Brückencrew, die in professioneller Zusammenarbeit als Team optimal funktionieren müssten.
Also entschied Ezri, Julian eine Chance zu geben. Sie teilte über ihren Kommunikator in einem kurzen Satz mit, "Julian, sei Bitte morgen vor Schichtbeginn auf der Promenade...!"

Epilog

Eine Dummheit, die man einmal begeht, ist nicht weiter tragisch, wenn man danach daraus lernt. Sie aber stets zu wiederholen, kann schon an grenzenloser Blödheit liegen.

In diesem einem Punkt kann ein deutlicher Dämpfer den entscheidenden Wendepunkt hervorbringen. Um letztendlich das Geständnis der Liebe vollkommen auszudrücken.

Medieval Chronicles

Hermine & das Licht des Löwenherzens I

Prolog

"Der Blick fürs Wesentliche benötigt keine Augen zum Sehen, sondern den Scharfsinn zu erkennen, wo Licht zu sehen ist."

Die Nachricht

Der Kreuzzug ins Heilige Land erwies sich als ein Fiasko. Denn die Heerscharen, die auf den Ruf des Papstes folgten, bekamen das zu spüren, was von weisen und klugen Männern zu erwarten war, und dennoch gehorchten den Worten zu billigen
„Gott will Es!"

Hermine, die Witwe des verstorbenen Königs von England, residierte mit ihrer Schwester Lydia im königlichen Palast. Sie hielten sich gerade in der Bibliothek auf, als eine Nachricht des Boten eintraf. Hermine nahm dieses entgegen und öffnete das Siegel. „Was steht drin?", fragte Lydia ihre Schwester mit großer Besorgnis. „Mein Sohn William ist von der eroberten Stadt Antiochia vertrieben worden. Seine Armee ist besiegt und nun sind sie seit einiger Zeit auf dem Weg zurück nach England." Antwortete Hermine. „Vermutlich ist der Prinz von England nun auf der Flucht vor Saladin, dem ehrenvollen General der Sarazenen." Folgerte Lydia. „Ja, mein Sohn wird durch den halben Orient und Europa ziehen müssen, und vielleicht Jahre brauchen, bis er zurückkehrt, um seinen Platz auf dem englischen Thron zu besteigen. Seine Reise wird teils lang und beschwerlich durch die Königreiche sein." Erklärte Hermine. „Du solltest Saladin eine königliche Botschaft senden, mit der Autorität und Siegel Englands. Wie ich erfahren habe, soll der General Saladin großzügig und ehrenvoll sein. Es heißt, er habe mal bei einer Belagerung einer Burg für eine Nacht den Beschuss unterbrochen, weil er durch seine Spione erfuhr, dass ein Paar eine Hochzeit veranstaltete, und für diesen Abend die Hochzeitsnacht vollzogen." Erzählte Lydia. Hermine ahnte was sie damit sagen wollte und sprach, „Ich weiß, wir könnten in dieser königlichen Botschaft Saladin bitten, er solle den Prinzen William freies Geleit geben." Dann fügte Hermine hinzu, „Ich werde mit unserem General Simmins auf dem Weg machen, um den Prinzen auf der Reise abzufangen, wenn er nicht schon vorher von Saladins Truppen eingeholt wurde, denn seine Männer haben eine

sehr gute leichte Kavallerie, und durch dessen Ortskenntnisse sind sie bei weitem in Vorteil. Wir werden ohne Geleitschutz Inkognito reisen, dann weiß niemand, dass die Königin Englands unterwegs ist." Lydia überlegte und folgerte, "Nimm zwei unserer besten und prachtvollsten Hengste aus den königlichen Ställen Englands mit, einen für den Sarazenen General und einen für seine Frau als Geschenk für das freie Geleit."
"Noch Morgen früh brechen wir auf...!" versprach Hermine und befahl den Boten den Befehl an General Simmins, sich für die Reise fertig zu machen.

Wohl an...!

Als am nächsten Morgen die verkleidete Hermine mit ihrem General aufbrach, sah er ihr ins Gesicht und erkannte die Entschlossenheit und starken Willen in ihren Augen.
Dann sagte sie,
"Wir werden uns auf eine lange Reise machen. England erwartet seinen Regenten. Und wir bringen ihm die Ehre mitzuteilen, dass er nach dem Tod seines Vaters, meines geliebten Gemahls, er die Nachfolge antreten wird."
"Wohl an, dann soll es geschehen...",
fügte Simmins hinzu.

Liebe ist manchmal nicht Einfach

Jahreszeiten zogen durch das Land. Sommer und Winter wechselten die Farben der Landschaften. Und die Reisenden sahen unterwegs immer neue Horizonte zum Heiliges Land.

Eines Abends, als Hermine und Simmins am Lagerfeuer saßen, sagte sie nach einer langen stillen Zeit zu ihm, „Wir sehen uns, sagen uns Worte, schauen in diese Welt, und doch sind wir uns nur ein wenig näher gekommen." Dann antwortete er ihr, „Ich weiß immer noch nicht, wem dein Herz gehört, wen du liebst. Die Liebe kann man nicht erzwingen. Sie kann erobert werden und wachsen, aber nicht gepresst werden." „Du bist sehr weise und klug. Deine Worte, die du aussprichst. Aber dir fehlt die Einsicht und Erkenntnis, dass Menschen oft nicht von dir erwartungsgemäß vernünftig handeln, sondern meistens dann agieren, wenn man sich entzieht. Der Entzug der Anwesenheit des Begehrenden ist der Anlass den Sehnsüchtigen oder aus anderen Gründen, handeln zu lassen." Erklärte sie ihrem General. Dann schwiegen sie wieder, schauten sich an und schliefen gemeinsam an der Wärme des Feuers ein.

Die Rückkehr des Königs und das innere Licht

Die Monate vergingen wie im Flug, als die beiden Wanderer zur Feste Saladins kamen.
Denn der Sarazene hatte schon den Prinzen bei sich und behandelte ihn fürstlich eines Königs würdig.

Saladin beherrschte die englische Sprache. Er empfing die Beiden gastfreundlich und ehrenvoll in seinem großen Zelt. Er wusste nicht, dass es die Königin war, die er vor sich hatte. Denn Hermine gab sich mit Simmins als Gesandte aus dem Königshause der
Englischen Krone bekannt.
„Seid Willkommen...! Ich weiß, euer Anliegen ist mir bekannt. Den Prinzen William bekommt ihr.
Aber eine Bedingung habe ich vorher!"
begrüßte der Sarazene die Gäste.
„Mein edler Fürst Saladin! Euer Großmut und eure Ehre sind in Europa in aller Munde. Stellt eure Bedingung für die Ehre Englands!" antwortete die Gesandte. Dann fügte der verkleidete Simmins hinzu, „Schau dir diese Englische Münze an! An der Vorderseite den König und auf der Rückseite den Wappen der drei Löwen abgebildet. Wenn du den König siehst, dann willst du es fest halten, und nicht wieder hergeben. Siehst du aber die drei Löwen, dann erkennst du den Großmut, die Leidenschaft und das Herz." Dann blickte Saladin in aller Ruhe die Münze an,

überlegte kurz, und antwortete bestimmt, „Dass, was ich sehen sollte, hast du richtig erkannt. Euer Licht kommt von Innen, und das Licht bringt das Gute hervor und beleuchtet das Positive in uns Allen." Simmins verneigte sich vor dem Sarazenen. Und Hermine erkannte in Saladin die Absicht den vom Prinzen gewordenen König frei zu lassen. Anschließend übergab sie ihm die zwei Hengste als nette Geste des guten Willens und Herzens.

Epilog

Wie man die Dinge im Leben sieht, hängt davon ab, wie viel Licht von uns ausgeht.

Medieval Chronicles

Hermine & das Licht des Löwenherzens II

Prolog

„Es ist Leicht hinter Burgmauern Tapfer zu sein"
Walisisches Sprichwort

Die Reise

Königin Hermine reiste Inkognito mit ihrem General Simmins noch durch die weiten Königreiche der Könige und die Auen dessen Gattinnen. Die Pfade durch die Wälder und Wege zu den Horizonten, über die herrschaftlichen Grenzen hinaus, offenbarten immer weitere Ziele zum Heiliges Land zu folgen. Diese Reise sollte noch lange fortdauern, denn mit dem Pferde war es durch Europa und noch den davor liegenden Kleinasien ein weiter Weg bis zu Saladins Feste.

Lektion der Liebe von einer klugen Königin

Eines Morgens, als die Sonne an einem heißen Juli Tag den beiden Reisenden die Körperglieder erwärmten, und dadurch sich aufgemuntert sahen guter Dinge den Weg zu folgen, sprach Hermine nach langen Stunden der Schweigsamkeit ihrem treuen General auffordernd zu einer anregenden Anekdote zu seiner vergangenen Lebenssituation, "General Simmins, trotz aller meiner Bedenken das ihr vor unserer Abreise aus England viele Schlachten verloren habt, und den wenigen Belagerungen, den es euch missglückt war zu erobern, so habe ich doch an ihnen festgehalten. Nicht zu zählen die vergeblichen Versuche, eure Truppen über die Burgmauern zu setzen bzw. an ihnen zu landen. Trotz aller Misserfolge habe ich Zuversicht, dass es bald ihnen gelingen wird." Simmins antwortete verlegen,
"Meine Königin, ihr wisst wie es meinen Männern erging. Trotz hoher moralischer und sehr motivierender Ermunterung fehlte es ihnen an ausreichendem Sold und Ausstattung. Die Armeen, Burgen und Festungen waren zumeist zu stark und dessen Wille war uns gegenüber mehr oder weniger unbeugsam und unnachgiebig. Sie gaben nie auf, und weigerten sich bis zur letzten Konsequenz sich zu ergeben. Ihr wisst, und durch eure Auszeichnung mich zu eurem Heeresmeister zu machen, weil ich zuvor in der Vergangenheit viele Schlachten Heroisch siegte, und die

wenigen Belagerungen im Sturm eroberte, dass es auch Zeiten gibt, in dem man auch den Regen verkraften muss, wenn die Sonne nicht erscheint. Ihr kennt mein inneres Licht, daher obliegt es euch zu erkennen wie ihr mich seht." Hermine lächelte, überlegte eine Weile, dann antwortete sie, „Ich verstehe euch General Simmins, man kann manchmal als Mann alles auf den Kopf stellen, und versuchen das Beste zu bewerkstelligen.
Mit der Besten Armee des Abendlandes ist es nicht möglich die Blüten zum erblühen zu bringen, aber die ersten Sonnenstrahlen des Morgens öffnet dieses ohne menschliches Zutun. Versteht ihr...?" In Simmins Augen blitzte es auf und er antwortete,
„Ihr habt Recht, meine Teuerste, aber wisst auch, wie ein walisisches Sprichwort lautet, „Es ist Leicht hinter Burgmauern Tapfer zu sein", ich will damit sagen, dass es ein Leichtes für eine Frau ist Nein zu sagen bzw. zu meinen, weil sie es sind, die die Macht und Wahl über die Männer haben, während wir darum kämpfen müssen. Aber wie ihr schon gesagt habt, die Blüten öffnen sich ohne menschliches Zutun durch das warme Sonnenlicht." Dann ritten die beiden Gestalten weiter zum Morgenland.

Die Autorität der Vernunft und der Christlichkeit der Krone

Am nächsten Morgen als die beiden an einer Lichtung im Wald ankamen, forderte sie ihn auf abzusitzen, und das Mittagsmahl am Lagerfeuer zuzubereiten, während sie sich um die Pferde kümmerte. Als sie nun Beisammen saßen, fragte sie ihn, wie er denn über die Autorität der Englischen Krone dachte, denn sie wusste und kannte seine Loyalität, Beherztheit und Leidenschaft für das er sein Leben im Dienste der Königin gab. Dann sprach er nach kurzem Zögern, „Ihr hattet, soviel ich weiß, auch sehr viel über eure Ahnen des englischen Königshauses gelesen, sowie die Geschichte selbst in Europa. War es nicht Alexander der Große, Hannibal und Cäsar, die Generäle, die stets mit großer Vorbildlichkeit als die ersten Vorne mitkämpften. Nicht nur großartige Strategien und Taktiken entwickelten und mit Genialität ausführten. Sie waren Menschen wie wir, aber mit Visionen. Sie forderten viel von ihren Männern, aber sie erbrachten es auch selbst zu bewerkstelligen. Sie belohnten diejenigen, die ebenso vorbildlich waren und ließen die anderen es ebenso nach zu tun. Wenn ich eines auch aus der Geschichte gelernt habe, so dass unzimperliches Verhalten und mangelndes Feingefühl vieles wieder zunichte macht, was man aufgebaut hat. War es nicht der Statthalter des römischen Germanias Varus, der in der Varusschlacht eine vernichtende

Niederlage einfuhr, somit diese Provinz für immer verloren ging…? Oder selbst im römischen Britannien den Boudica Aufstand gab, als die Römer wie einst Varus handelten. Dennoch ist der Aufstand gescheitert. Meine Königin, ihr solltet Weise und Klug handeln. Eine Regentschaft mit Weitsicht und Feingefühl währt den längsten Erfolg und die loyalsten Untertanen." Dann fügte er hinzu, „Ein System das auf Auge um Auge, Zahn um Zahn beruht, bringt die Gesellschaft nicht weiter. Nicht nur das es unchristlich auf das Prinzip der Rache basiert, es schafft kein Frieden dauerhaft unter dem Volk. Das Gesetz der Nächstenliebe birgt Buße und Vergebung, und den Willen es nicht wieder zu tun. Damit schafft man Wohlwollen und ein gesundes Maß des Allgemeinbefindens." Darauf antwortete sie einvernehmlich, „Wovon ihr sprecht, ist eine Vision von tiefer Einsicht für das Wohl Aller. Eine christliche Theorie und den Mut zur Besserung der Verhältnisse. Mit Begeisterung nehme ich diese Vision auf, und weiß diese in Zukunft umzusetzen, sofern ich nicht an den Widerständen zerbreche." Dann nahmen sie köstlich das Mittagsmahl zu sich, und sinnierten über die gesprochenen Worte der vergangenen Tages und der heutigen vermehrten hinzugewonnen Erkenntnisse.

Epilog

*Mit Mut, Zuversicht und Wissen schafft man Visionen.
Der Glaube daran versetzt Berge.
Letztendlich wird alles Gut, wenn man die Dinge mit dem Licht aus der richtigen Perspektive erkennt.*

Medieval Chronicles

Hermine & das Licht des Löwenherzens III

Prolog

„Nicht der Titel ehrt den Menschen, sondern der Mensch den Titel."

Prinz William

Mit der Umarmung eines bedeutungsvollen Moments übergab in einer unspektakulärer Weise die Regentin Hermine, Königin der Englischen Krone von Gottes Gnaden und Herrlichkeit, ihrem soeben befreiten Sohnes und Prinzen William die Einvernehmlichkeit zum zukünftigen König von England. Inoffiziell und unter der Feste Saladins waren die Gesandten General Simmins und Hermine Inkognito zur Freude der Befreiung des Prinzen zur Vollendung angelangt, und schickten sich an zur Heimreise nach England.
Als die drei Reisenden alsbald die ersten freudigen Stunden auf dem Heimweg hinter sich brachten, und Prinz

William seine Erlebnisse vom Kreuzzug zu schildern begann. „Mutter Königin und mein verehrter General Simmins, wie kann ich in all dem Umfang berichten, wenn nicht Tausend Worte genügen würden, um all die guten, sowie schlechten Ereignisse und Begebenheiten zu erläutern, die mir widerfuhren und Dinge gesehen habe, die meine Überzeugungen erschütterten, und mein Denken veränderten." „Veränderungen und Erfahrungen wirken bei jedem Menschen verschieden, sowie daraus resultierende Ergebnisse in der Anschauung dieser Welt in dem wir leben." Antwortete General Simmins. Der zukünftige König überlegte eine Weile und sprach, „Auf dem Kreuzzug ins Heilige Land sah ich einige Dinge, die meinen Status und den Titel, sowie unserer Edelmänner in prägnanter Weise zum Nachdenken anregten. Es ist nichts Neues, wenn in unserer feudalen Herrschaftsstruktur das gemeine Volk die größte Last trägt. Deren unermüdliche stetige Arbeitskraft, unsere Ernten sichern und abführen müssen, durch ihre harte körperliche Tätigkeit unseren leiblichen Wohl bereiten. Es ist nichts Neues, wenn dieses gemeine Volk die geringen Verdienste erhält, dafür, dass sie von früh bis Spät das Land bestellen.

Ist es Recht, dass Adlige, Edelmänner und Kaufleute ein Leben führen wie nur Könige es geziemt? Sich in Kleidung rüsten wie es Fürsten zu tragen pflegen? Die Arbeitskraft von Kindern zu leisten vermögen, aber die Verdienste und Ehrungen erhalten, die durch Geburts- oder

Erbrecht legitimiert ist? Es ist nichts Neues, wenn Frauen sich zu Männern ziehen, die ihren hohen Titeln und Rängen gelangt sind. Ich habe Edelmänner gesehen, die hoch zu Ross in einer Schlacht zogen, im Chaos Befehle gaben und in einer bedrängten Situation sich versteckten, während die einfachen Soldaten in dieser Situation in einer Armee mit Heugabeln dem Gegner die Stirn boten. Nicht der Titel ehrt den Menschen, sondern der Mensch den Titel." "Mein Sohn, für einen Mann königlichen Geblüts sprichst du vage Worte. Dieses System existiert seit Jahrhunderten, es ist ungerecht und die Auswirkungen sind die Schattenseiten von Königreichen. Selbst wenn es andere Gesellschaftssysteme gäbe, würden stets die oberen Herrschaftsschichten die Sonnenseite im Leben bekommen. Mein Sohn, sei Eingedenk und wohl Gesonnen mit deinem Schicksal. Du führst, andere folgen…" versuchte Hermine ihn zu beschwichtigen. General Simmins ergänzte diese Diskussion zum Abschluss, "Mein zukünftiger König, Reformen und Wandel lassen sich nur langsam gewinnen, Schritt für Schritt, Tag für Tag, Woche für Woche, Monat für Monat, Jahr für Jahr. Ein herrschaftliches System bekämpft man nur mit einer revolutionären Ideologie und die Idee, die sich nach dem Tod durch die Nachfolge fortsetzt. Entwickle deine schlüssigen Gedanken mit aller Ruhe fort, entwerfe ein neues System für eine Gesellschaft, die gesellschaftlich und geschlechtlich emotional vernünftig gelöst werden kann." Prinz William

erkannte die klugen Worte seines treuen Generals und gestand ihm zu, „Meine Mutter mag den Status Quo des Herrschaftssystem anzuerkennen, aber sie hat einen weisen Mann an unserer Seite, der das Licht des Löwenherzens innehat."
Damit endete zunächst diese Diskussion, die der Beginn eines Prozesses eines in Gedanken und Worten ihren Ausdruck fand, und Zukünftige folgen würden.
Königin Hermine, Prinz William und General Simmins ritten nun der Sonne folgend in Freuden und frohen Mutes zum Abendland entgegen.

Epilog

„Es ist nichts Neues unter der Sonne…, aber Veränderung beginnt immer vom Bestehenden aus."

Als Gott mit uns war…

Prolog

"Das Schicksal hat es entschieden, zu einem Schnittpunkt im Leben zweier Menschen zu kreuzen, die sich in zärtlicher Romantik und glücklichen Stunden die Zweisamkeit zu genießen…"

Im nächsten Leben…

Ela, eine Nonne im besten mittleren reifen Alter, hatte sich mit ihrem Schicksal schon längst abgefunden. Sie wurde als sehr junge Frau schon von Ihren Eltern an das Nonnenkloster zu Mönchengladbach übergeben. Ihre Eltern befanden es für religiös sinnvoll, eines von ihren zahlreichen Kindern auszuwählen, und die Jüngste für die Ehre Gottes zu übergeben, ihr Leben ihm zu widmen. Da sie Grafen waren, und somit zahlreiche Ländereien besaßen, wurde dem Nonnenkloster ein ausreichendes Mitgift dazu gegeben. Damit Ela für den Rest ihres Lebens von der Abtei versorgt werden konnte. Ein Handel mit gegenseitigem Einvernehmen. Nichts Ungewöhnliches im 14. Jahrhundert, wo ein Menschenleben so austauschbar war wie die Wäsche an der Leine.

Ela hatte die Aufgabe, junge Novizinnen die Klosterregeln beizubringen.
Unterricht zu geben war ihr eine große Freude, denn es erfüllte ihren Alltag mit Leben. Etwas aber fehlte ihr im Herzen. Sie sehnte sich nach Geborgenheit und Liebe eines Menschen, den sie sonst vom alltäglichen Gebet und Liturgie nicht erfüllt bekam. Eines Tages hatte Ela die Gelegenheit bekommen einige neue Novizinnen aus dem Nonnenkloster zu Köln abzuholen. Diesen Auftrag folgend begab sie sich in großer Vorfreude auf den Weg dahin. Mit einem Reiseproviant im Gepäck auf einem schwarzen Hengst, ließ sich die lange beschwerliche Reise viel erträglicher gestalten. Doch bevor sie an das Ziel angelangte, kam sie an einer großen Feier in der Stadtmitte vorbei. Dieses große Fest wurde veranstaltet, weil die tödliche Pest von 1348 in ganz Europa Millionen Tote erforderte, und nun nach 26 Jahren, im Jahre des Herrn 1374, zum wiederholten Male den Sieg über die Epidemie zelebriert wurde. Der 23. November sollte stets jährlich mit großem Aufwand in einem sehr großen finsterschwarzen gestalteten Zelt gefeiert werden. Viele Menschen strömten in schwarzer Kleidung herbei. Die Musik tönte Dunkel und Finster, so wie einst die Pest wütete. Die Stimmung war tiefgründig und nachdenklich. Und die Minen der tanzenden Gestalten deuteten auf Besinnung,

*über die Dankbarkeit von Gottes Gnaden, der sie
doch von dieser Strafe der Epidemie erlöste.*

Prior Timon, der zu dieser Zeit gerade am Fest teilnahm, war damit beschäftigt, zum wiederholten Male Menschen für sich zu gewinnen. Indem er sein Sendungsbewusstsein dazu nutzte, seine Ansichten und seine Weltanschauung mit blumigen Worten und Engelszungen zu den Feiernden zu überzeugen. Er brauchte für seine Priorei neue Pächter, die für das Mönchskloster arbeiten sollten. Ein denkbar schlechter Ort neue Pächter zu gewinnen. Das wusste er sehr wohl. Aber für Prior Timon war es einfach eine große Freude unlösbare Herausforderungen anzunehmen. Für ihn gab es kein Unmöglich, keine ausweglose Situation und vor allem kein Aufgeben. Prior Timon sprach auf diesem finsteren Fest mindestens so ein Dutzend potenzielle Menschen an. Vor allem die Weiblichen hatten es ihm angetan. Doch seine fröhliche, beherzte Art wollten die Einen oder Anderen mehr oder weniger nicht ganz so annehmen, wie er es gern gehabt hätte. Die Mönchskutte hatte er aber schon vorsorglich vorher abgelegt, und durch schwarz festliche Kleidung ersetzt. Nun kam es zu der Feier zu einem gewissen Zeitpunkt, als es ihm nachdenklich wurde. Er saß auf den Stufen einer Treppe, sinnierte über seine Taktik nach, als die Nonne Ela ihn ansprach. Auch sie hatte Prior Timon kurz angesprochen, denn ihm gefiel ihr geheimnisvoll anmutender Medaillon, den sie um ihr Hals trug. Er sprach nur ein paar wenige Worte mit ihr, denn Ela war mit anderen Dingen beschäftigt. Jetzt, da Prior Timon und Ela diese Gelegenheit nutzten, um sich näher kennenzulernen, waren sie darüber eingekommen fort von dieser dunklen, finsteren Feier zu ziehen. Sie schlenderten durch die Innenstadt Kölns. Prior Timon überredete Ela ihre Nonnenkluft abzustreifen, so wie er es schon vor der Festlichkeit getan hatte. Indem sie von einem Bekleidungstandwagen, dass allein in einer Gasse stand, die besten Kleidungsstücke heraus stahlen. Ein Diebstahl und eine Sünde zugleich. Aber das interessierte die Beiden nicht. Es zählte der Moment. Das Leben jetzt war wichtig. Einmal ohne Reue und Buße die Augenblicke genießen. Sie suchten nach einem Gasthaus, wo sie in Zweisamkeit sich näher vertraut machen konnten. Aber jedes Gasthaus war geschlossen. Als es früh Morgens wurde, begaben sie sich zu einer Sitzecke, wo es gemütlich war. Aus dem nahegelegenen Brunnen löschten sie ihren Durst. Sie sprachen über ihre Schicksale, Lebensauffassungen und die Liebe. Mit Freude und viel Humor konnte Timon Ela für sich gewinnen. Die romantischen Gefühle konnte er ihr auf sehr angenehme Weise vermitteln, um sie gemeinsam zu teilen. Ela erwiderte gern seine Sehnsucht nach Berührungen und feinfühligem Worte der Liebe. Irgendwann fragte sie ihn, wieso er so geheimnisvoll, verschmitzt und verlegen schaute. Timon erwiderte, er stehe vor einer großen

Schlucht, und es aber nicht wage den großen Sprung zu machen. Ela antwortete mit einem leichten glücklichen Lächeln, dass sie jetzt zum Platz des Kölner Doms gehen sollten. Timon und Ela gingen gemächlich auf den großen Platz, und stellten sich im Mittelpunkt hin. Die Morgensonne überstrahlte im hellen Lichte, und übergab die Wärme an die vorbeiziehenden Menschen.

Doch die größte Hitze spürten die Beiden Liebenden. Denn sie umarmten und küssten sich leidenschaftlich wie Zwei, die den Hunger in vollen Zügen mit einem Male zu tilgen versuchten. Aber der Hunger ließ einfach nicht nach. Es gab keine Sättigung. Es gab kein Scham, seinen Hunger öffentlich zu stillen. Das große Schlemmen wurde gelegentlich unterbrochen, nur um die schamlose Zügellosigkeit gewitzt zu kommentieren. Denn so einige vorbeiziehende Menschen, die ihre Einkäufe tätigen wollten, bemerkten doch unverhohlen, dass die Liebenden sich eine Herberge suchen sollten. Aber Ela und Timon nahmen es mit Humor und Gelassenheit hin. Sie liebten sich stehend, in heißer Leidenschaft umarmend, und die Welt blieb für mehr als eine Stunde stehen. Die Sonne hielt die Erde in einer Starre. Die Sandkörner der Zeit existierte nur in der Theorie, denn praktisch war sie nicht vorangeschritten. Diese Momente waren der Triumph und der Höhepunkt. Ein Zenit aus den vergangenen Stunden wurde erreicht.

Ela löste sich aus der Umarmung. Sie flüsterte Timon, vergiss diese schönen gemeinsamen Stunden nicht, den wir erlebt haben. Timon erwiderte in voller Sehnsucht und Glück, er würde im nächsten Leben sie suchen und finden, um mit ihr ein gemeinsames Leben zu führen. Im nächsten Leben... Im nächsten Leben...

Und die Sonne ließ die Erde aus der Verankerung. Und die Welt drehte sich wieder weiter. Die Sandkörner der Zeit rieselte nun beständig herabfallend weiter in die Tiefe des unteren Sanduhrglases. Wo der Sand mit dem letzten fallenden Korn zum Höhepunkt angehäuft wurde, um schließlich auf ein Neues umgepolt zu werden.
Das nächste Leben der Liebenden konnte irgendwann sich neu begegnen...

Epilog

Glückliche Augenblicke und Momente können wie Sandkörner der Zeit einzeln in jedem Bestandteil wahrgenommen werden. Schamlos in Leidenschaft stillen wir unsere Sehnsucht nach Liebe. Die Hitze der Liebenden lässt die Sonne und die Erde zum Stillstand anhalten. Um die Wünsche an das Schicksal anzutragen...

Noch einige Worte des Verfassers

Ich habe mit dieser Neuauflage ein Herzenswunsch mir erfüllen können. Viele Dinge, die in der Ersten Auflage im Nachhinein nicht optimal waren, habe ich mit diesem Erzählerischen Werk korrigieren können. Somit entspreche ich auch den Leser/innen, die jetzt ein "Gutes Buch" in der Hand haben können, und mit gutem Gewissen lesen können.

Ich bedanke mich an die Menschen, die mich zu diesen Erzählungen inspiriert haben. Insbesondere sind es Frauen gewesen, mit den ich in Beziehung war, und ich mich davon inspirieren ließ, was dazu zu schreiben.

"Das Geschenk des Himmels" beschreibt meine erste feste Freundin Claudia P.. Ihr widme ich dieses Buch, weil sie vorbildlich eine lange Beziehung mit mir geführt hatte. Und ich mit großer Dankbarkeit ihr diese überaus verbesserte Version des Buches damit ausdrücken möchte.

Ich bedanke mich an mir Selbst. Weil ich meine Stärke des Schreibens dazu nutze, um Bücher zu schreiben, die mich und andere mit Freude erfüllen.

Simon Mihelic